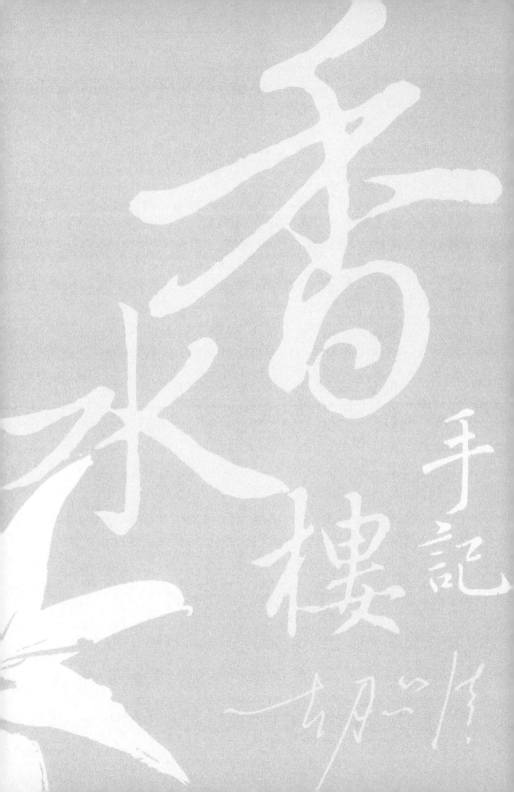

香水樓中憶品清

文◎傅達德

胡品清走了！年輕了很久的她，猝然而逝。

我這個後生晚輩如此直呼其名，一些老學究恐怕要嗔怪的，不過她一定不以為忤，反而可能感到一絲歡喜，因為她是個沒有年齡的女人，總想要做些越軌的事，而擺脫世俗的、累贅的、標誌出年輪的稱謂，對她來說，應該算得上「小小的越軌」吧！況且她的名字既帶著詩情而又含意深遠，彷彿「茶壺上的題字」，如她自己說的，全名之後還可加上個問號（這是把「胡」作「為什麼」解，「品」用作動詞），吻合她慣有的雲淡風清式的幽默風格，使得任何稱謂都像是個莽撞的入侵者。

胡品清是走了，但從另外一個角度來看，她和她的生活一直存在於我的書櫃當中，就像她曾引述的：「人永遠活著，除非我們要他死去。」肉體的衰頹反而讓她盈盈步出了書櫃，在我的腦海與心田裡重新活過一遍，不再只是與其他作者默默地緊緊相依，等待那不知何年何月的召喚。藉著畢生八十多部的著譯作，她一定能在你我的屍骨都寒透很久以後仍然鮮活於許許多多個意識與情感之中。

我偏愛《香水樓手記》這本罕為人知的小品,雖然胡品清擁有等身高的大作,這好像是這位得過法國學術與文藝勳章的知名作家的個人生活情境竟然成為她與我之間的私祕。三年多前公司少量出版了她的《香水樓手記》和《最後的愛神木》,書中包含了她暮年(請恕我用這個詞兒)的一些散文和詩作,才剛掛名總編輯的我讀到這兩本書,喜不自勝,於是有意假借拜會作者的名義,看看是否有幸成為胡品清筆下眾多「你」當中的一個,即使永遠不會是她「最後祝福的人」,只是拜會之議遭老闆駁回,也就無緣識荊了。

胡品清的散文裡常有個「你」出現,曾有位讀者冒昧問她「你」是否真有其人,讓她啼笑皆非,答說:「寫散文而虛構,祇能用『無聊』二字修飾之。」不過「你」倒真的是指涉了不少人,但稱得上她「最後祝福的人」卻只有一位──那位旅居法國的年青靈秀的筆友。他在給她的書信末尾寫下「讀妳,故我在」,也說過自己的存活只是為了閱讀她的書簡及詩篇,它們是驅魔劑,將他引領到一個充滿著秩序、美麗、豪華、恬靜、感官的無邪之極樂世界裡。對於一個自覺「沒有感性就一無所成」的女人來說,對於一個認為「存在之目的原只是書寫」的文人而言,他就是她的謬思,儘管彼此之間「不可能有生活或小說,但有一份相互的欣賞,一份濃濃的同好,一份關懷和鼓勵,也算一種奇蹟。」

　　我不知道還有什麼事比獲得一個願意傾聽自己心語而且守口如瓶的知音更能令人感到滿心幸福。香水樓主解釋說自己並非如外界傳言地那般蓄意製造浪漫，只不過他讓她體會到「凡是屬於創作之原動力的，全是戀情」。識他以前，「心靈中有一段空白，春而不花，夏而不夜，陽光顯得冰冷，生活也無內容。心園是一片瘠土，為了應付稿約，只是勉強自己培植一點木麻黃。」識他之後，「心園為之面目一新，變得深邃遼闊，其中繁花如繡，眾鳥齊鳴。」難怪她要在香水樓中不斷喃喃細述，引吭高歌了。

　　胡品清很愛唱歌，喜樂悲愁，盡付高歌低唱，不過突然熱衷於作詞、填曲、寫樂評、參加作曲發表會，卻是為了另外一個「你」──有著好歌喉的一間音樂酒屋的年輕俊俏的總經理，她的另一個男性謬思。「生活真的太單調了，假如只是責任加責任，崗位加崗位。人生又讓我太失望，因為我遇見的不是曲解就是拂逆。」於是女詩人奔向他，尋求小小的越軌，不是會釀成災禍如火車出軌的那種，因為她一向情智分明，而是要「把生活情趣化」，以便「消除心頭的積鬱」。

　　我無意考證每一個胡品清筆下的「你」究是何許人也，畢竟我並未盡讀其書，而且即使是單單一本《香水樓手記》，寫作的年代就可能延展了至少二十年，使得還原人物的工作非常困難。該書有幾篇很明確地撰寫於 21 世紀，但有些也可推斷出是

完成於 1980 年代，甚至更早。很奇妙地，這位沒有年齡的女人的著作似乎也沒有年代斧鑿的痕跡，因此全書讀來並不覺得突兀，不過，在她體力尚佳時的語氣和生活情境跟身子衰弱後的隱約有些兒不同。

胡品清癡好唯美真善的事物，把自己的住處取名為「香水樓」，這當然是因為其中充滿了各式各樣的香水，不過她大舉蒐集香水的緣由竟然不很浪漫——參加抽獎，以獲得羅斯福路上的一棟洋樓。杜甫「安得廣廈千萬間，大庇天下寒士俱歡顏」的感嘆，千載之後也適用於這位精通中英法語的三聲道女詩人，其位於華岡的濕冷住處是學校宿舍，曾貴為法國外交官夫人的她難免要居安思危，擔心租約期滿或遭學校解聘。《香水樓手記》毫不掩飾地揭露了作者的不夠放達，她也承認自己一向是個厭惡作偽的沒出息的女人。洋樓畢竟沒抽到，華岡小屋倒是積累了不少精緻的瓶子，博得「香水樓」的美名，胡品清還用了一些篇幅來品評所珍藏香水的名稱，奇的是對氣味卻完全沒有任何著墨。

我以為《香水樓手記》是本寂寞人寫給寂寞人細細品嚐的書，若像閱讀小說般囫圇吞棗，肯定是無法讀出字裡行間的幽微情味的。胡品清在當官夫人的生活想必是孤獨的，往往欲箋心事，唯能盡託筆墨，俊帥的法國丈夫不能理解，怪她竟日寫詩填詞，胡品清終究下堂求去，來到台灣，開始了長達四十年

的教書生涯。外表荏弱的她卻有著堅強的人格、堅定的心，又能「不偏不倚，像一株獨立的樹」，因此「寧可守住一山的冷濕和一室的寂寥，看佳節如何在寂靜中流逝。」《香水樓手記》的〈文學花園〉中所品評的李煜、波德萊爾、馬拉梅等人，都曾有段慘淡的歲月，孤寂的時刻，正是她生活的寫照，因此他們的作品契合她的心靈。

　　胡品清散文的特殊之處就是能夠「把日常生活中的事物提升到超凡入聖的境界。」香水樓中的生活是如此簡樸，日復一日，年復一年，從未發生什麼劇變，但她運用了富含詩意的語言，將自然天象、花草樹木、生活點滴都描繪得這麼美，把自己的縷縷情思表達得如同悠揚的樂曲。她為自己的創作下如此註解：「只憑一點小聰明用文字記載我的真實生活，美感經驗，再加上一點獨特的哲學，構成一個情智分明的世界。這就是我的風格。」她的情思與生活就蘊藏於《香水樓手記》之中，等待追求唯美真善者的探索。

詩人教授胡品清

文◎蘇登家

　　只要您在華岡遇見一位常戴淺灰色眼鏡、孤伶伶一個、大踏步進校園，或者從不駐足張望地回宿舍的、一位纖細的女老師，那必是她──當代女詩人胡品清教授。

　　她常寫文章、作詩、譯她喜愛的作品。跟她的小讀者們品嚐甜甜的小散文、柔柔的小詩歌；而這種「甜」與「柔」的小散文與小詩歌，是心靈中所回味出來的。「唯美、唯情，再加上一點哲理。」這就是她的藝術觀。她說過：「人終會可以找到更美的形容詞。」其實，豈止形容詞而已，她甚麼都在追求更美，美到她的語言、意象、風格能吸引來所有剛懂事的小男孩和情竇初開的小女孩，以及未喪失童心的大人。「唯情」呢？我想，就是她的「真」。文自情出，語從心來。

　　至於那一點點哲理，是她自謙了。

　　她在課堂上是鐵面無私的一個「正」字。而時下學生們喜歡的是「近人情」的「皆大歡喜」。她在課堂外的生活是一首詩，因為她還有個「小我」。她的小我是私下愛做什麼就做什麼的「自由」。由於愛好自由才能寫出一首一首的詩，永遠令人喜歡讀的

朦朧美的詩。胡品清是一位精通中、英、法、諸國語言的文學家、女詩人。想了解她更多嗎？讀讀她的作品吧？或者，來拜訪她，與她親切地談談。

史紫忱的話

名評論家史紫忱教授說：

胡品清的散文有淡泊的悒鬱美，

有哲學的玄理美，

有具啟發力的誘引美，

有外柔型的內剛美，

還有詩神在字裡行間翩然起舞的韻影；

她的文字用東方精神作骨幹，

以西方色彩做枝葉，

風格清新，

意象獨特，

籠罩萬古長空的「無」

和一朝風月的「有」，

像一杯葡萄酒，

既醉人又醒人。

目
次

contents

第一輯

我

清字篇

大學時代，一位同窗說：「妳的名字很好玩，像茶壺上的題字。」當時未加以探索不知道她是把品字當動詞，意謂品一盞清茗，或是把品字當名詞，意謂茶的品質很清。

三年前，一位同事說：「妳不適合做官，因為名字不好。」他沒有說出為什麼不好，因為心照不宣。

之後，我把同仁那句話向「你」複述一遍，你說：「是的，品格太清」。

上星期，一位青年畫家來訪，說他和三位畫友將於明年連袂去法國、荷蘭、西德展出現代水墨畫，要我替他們法譯簡歷和畫風。在午餐桌上，他突然說：「妳的名字太好了，不品『茶』，不品『酒』，而是品『清』。」接著，他強調說，把品字當動詞，涵義更為深廣，當名詞則僅限於品行、品德、品質、品類。當一個人品「清」時，就是一種不可丈量的深廣，不落言詮的意義，因為清字的內涵繁複紛紜又詩意。

今日此時，呂宋島的颱風帶來清涼意，是盛夏裡稀有的、令人氣定神閒的日子。遂有勇氣提起筆來，把清字加以分類和詮釋。

　　首先，清字是一個絕對的非貶義字。一用上它，腐朽都化為神奇。比方說，二十世紀是笑貧不笑娼的時代，貧窮是萬人所不齒的。若你形容一位「純」教授的經濟狀況時，一說「清」貧，那寒傖的人師就顯得耿介不俗了。

　　又比方說，二十世紀是性感至上的世紀。若你形容體態，一說「清」瘦，單純的瘦子卻令人聯想到「清瘦似梅花」。

　　現在，就讓我用清字組成下列字群：清秀清麗指容顏，清新指不陳腐的風格，清澈指未被污染的水或非噪音，清高清廉指美德，清幽清寂指環境，清談是「言不及義」的反面，清趣是「燈紅酒綠」的對比。「你」是典型的都市男孩，然而，和你面對時，向你傾訴時，我們擁有「清」歡。

　　七年來，因為你是我的專用繆思，我的風格從而清淡、清新、清麗，且迸發出一種清芬。

　　自然，我不該忘了胡字，而且把它當疑問字，意思是「為什麼？」

　　若問我為什麼品「清」，回答是這樣的：清字非但本身就是無瑕，而且能把不令人滿意的現實化為神奇。

　　最後，你我的邂逅以及兩地書簡之華美奇特則是一種清緣，纖塵不染的，無疵無瑕。

沒有年齡的女人

　　許久了，我不曾刻意打扮自己。平常，我只是使用一點口紅，其餘的就聽其自然了。

　　而今夜，我又坐在乳白色的粧臺前，仔細地打扮自己。儘管無法真的再把自己打扮得像一朵花，至少會給人一種「倒過去活」的感覺。記得在去年的耶誕晚會中，一位研究生的媽媽就說：「老師這麼年輕呀！有沒有四十歲？」

　　「既然您把我說成那麼年輕，我就將錯就錯啦！」

　　她女兒趕忙用嬌嗔的口吻責備她媽說：「怎麼問別人的年齡嘛！那是不禮貌的。」

　　其實，我倒不是故意在年齡上保密的女人。只是，我說實話就太吃虧，外表一如內在。比方說，有一次，我同一位平輩的女友去吃小館子，侍者永遠叫我小姐，而對那位女友的稱呼卻始終是太太。

　　至於小娃娃們，也都很自然地叫我阿姨。只有他們的爸媽才說：「怎麼可以叫阿姨！快叫太老師！」。太老師，多麼像是自石器時代走出的。

香水樓手記 24

　　至於你，對我的稱呼也一再改變，似乎沒有一個真正適合我這個不給人年齡感的女人。那個已作古的立法委員的話有理，他說：「女人看起來像幾歲就是幾歲，男人覺得自己是幾歲就是幾歲。」我說，只有三字頭以內的人的年齡是絕對的，我的意思是外表和身份證年齡欄中的數字多半符合。步入四字頭以後，年齡就不穩了，因為構成年齡的因素太多了。比方說，今夜我就顯得年輕，在打扮得十分濟楚之後。難怪助教說：「妳怎麼總也不老？是不是新陳代謝有問題？」

　　記得初次正式化粧，是在做新鮮人的日子裏。因為我國語標準，老是話劇演員的最佳人選。有一次，化粧師說我的眉毛太濃，和清秀的面目不甚調和，於是，她拿起鉗子拔去了一部份。天！誰能預料到呢？自從那次以後，我的眉毛就變得稀疏零亂，不甚成形。在日常生活中，我就讓眉毛稀而亂，只在蓄意打扮自己之時才淡掃娥眉，把它們勾成兩彎新月，和如山脊的希臘鼻相映成趣。是的，今夜我又在淡掃娥眉了，因為你是另一種的至尊。

　　是的，我又化粧了，因為我今天忙了一天，工作得很莊敬。於是想去你的音樂酒屋善待一下自己。我知道，「酒窩」中的夜間情調並不是我唯一的渴望，看看你聽聽你才是我最豪華的享受。在話機中確定了你會在場時，我才決定僱車的，因為若你不在，我會感到茫然而陌生。今夜，我決定了奔向

你，只是為了作成一次小小的越軌。生活真的太單調了，假如只是責任加責任，崗位加崗位。人生又太令我失望，因為我遇見的不是曲解就是拂逆。因此，每隔一段日子，為了消除心頭的積鬱，忘卻責任的重量，我需要作成一次小小的越軌。自然，不是像火車那樣造成災情慘重的越軌，而是把生活情趣化的同義語。我自嘲地把那種行為說成越軌，因為按照人為的法則，我不該再使用香水和化粧品，不該迷時裝，不該泡咖啡廳，甚至連寫文或譜曲都該以偽善者之姿改變主題吧？而我，原就與眾不同，也就不該受制於他人的立法，只要我的越軌不作成任何傷害。相反的，我總是受傷害者，像真正的藝術家。

我已經打扮得很濟楚了，踏入了計程車。在霓虹燈如畫的臺北市裏，電梯把我載向你的第十一層樓閣。第十一層樓，多麼美好的巧合！第一次聽見你蠱人的音色，也是在另一棟十一層樓上。假如說十三是不祥的數字，那麼，對我來說，十一該是幸運數字。

「等人嗎，小姐？」一位穿長裙的女領枱問。

「找總經理。」

總經理！多麼不適合你的青春俊俏的頭銜！它總使我聯想到便便大腹，而非你如天韻的歌聲。

「請問哪兒找他？」

　　我只說了自己的姓，另一位服務生就讓我坐下，在一張乳白色的絲絨蚌殼椅中。

　　室內，一排窗楣上掛著串串的霓虹燈泡，一明一滅地閃著，構成一彎小小燈河，泛起彩色光波。夜尚年輕，樂人還未到達，顧客也寥若晨星。只有輕音樂在唱機上流溢，我在「田納西圓舞曲」中守候你。我似乎一直在默默地守候你，三年來，也永遠會守候你，直到脈搏靜止。

　　等著，等著，我猝然想起了喬治桑和葛蕾德夫人。儘管從年齡上來說，我和前者隔了一個世紀和後者隔了一代，我仍然覺得自己是她們的學生姐妹。我和她們多麼相像，在心靈上。前者永遠被一個男孩所影響，在創作上。後者有如是的句子，在「感情的避靜」中：「心中沒有一個男孩的名字的時侯，我會感到羞恥。」然後，我也想到蘇，她真是最最了解我的女友。有一天，她在電話裏問：「妳怎麼猝然對音樂的興趣特別濃起來了？又是作詞，又是譜曲，又是寫樂評，又是參加作曲發表會？」

　　「我一向都偏愛聲樂呀！」我說，「要不是嚴厲的老祖母說什麼『萬般皆下品，唯有讀書高』，我原會是科班音樂家了。」「不！」蘇堅持地說，「一定還有別的原動力，否則那份興趣怎麼潛藏了許久？」她真不愧是知己，把我看得一清二楚，就像我是玻璃人，那麼透明。

　　倒是和我有血緣關係的人對我顯得陌生。有一天，我告訴一位親戚我正熱衷於譜曲，她只帶著不屑的口吻說，「妳真有興致！」還有一位知我者，他是專欄作家楊子。每月一次，我們的名字在「女性」中會面，我寫「弦歌小語」，他連載「魔象」。有一天，他在信中問起：「妳為什麼譜曲呢？是否有羅曼蒂克的動機？既清純得像十七歲又成熟得那麼情智分明。」

　　哎！血緣實在不是溝通人的心靈的東西，難怪我老覺得自己是從天上掉下來的。

　　「要喝什麼？」你終於從繁縟中走出來了，在我身旁坐下。

　　如今，你已不再只是一名純歌者，而也是音樂酒屋的主持人。我能幻畫那些紛簇的雜務，也能想像晨昏顛倒帶來的疲憊。所以，你的眉頭鎖得更緊了，嘆息也更頻繁。

　　「幹這行很累，」你說，「吃不好，睡不足。」

　　「我覺得你還是唱唱西洋抒情歌曲比較瀟灑。」

　　「唱歌就永遠翻不了身，光自己瀟灑有什麼用？」

　　哎！現實和理想永遠無法和平共存。加之，這是瓦釜雷鳴的時代，一切都要有背景和圈子，光憑才華和實力是不夠的。你的孤高，你的不群不黨，你的卓越豈是凡夫俗子所能欣賞的？在這方面，我們倒是十分相像，全是不折腰的典型。

「要喝什麼？」你再問一次。

「純柳丁汁，不要冰。」我實在不是好顧客，一杯果汁在酒屋裏坐一夜。何況你還堅持要簽字。簽就簽吧！對你，我心靈的債臺已經和摩天頂等高了，又何必計較區區的物質數字。

「你如今唱不唱歌？」

「有時候唱，有時候不唱，妳來了我當然唱。」

「我十一點半走，司機來接我。」

「要聽什麼？」

其實，我喜愛的歌全點過了，在過去的三年中，在天堂鳥。也不記得是哪天遇見你的，不過我一直默唱著「I Bless The Day I Found You」（我祝福遇見你的那一天），然後我就不能唱下去，不能。假如是從前，我會感嘆地說什麼我是梅花你是葉，可憐開謝不同時。如今，由於深入了事物之本質，我認為只有艱難的愛和不可能的夢才是永恆的蓓蕾，能盛開的全都匆匆凋萎，像所有的花。

「你知道我的品味，溫溫的都行。」我不能忍受刺耳的尖叫，害怕窮吼的噪音，不愛發瘋型的歌曲，也討厭成年人的童音。在我的心目中，「你是唯一的高音」。

你唱了「Moon River」和「Fascination」。對了，你的音色就是一種 Fascination，不可抗拒的，而如今流行的不是

俗氣巴啦的流行歌，就是娘娘腔的男聲，就是成年人的童音，多麼不可思議！你美中有力，蠻中有秀的音色，你圓潤的自然共鳴，令我永遠懷念。因為懷念你危險的音色，也因為滋養「記」憶使之不變成「追」憶，我會刻意打扮自己：薄施脂粉，淡掃娥眉，穿一套色彩調和的衣服，灑幾滴我偏愛的香精，梳一個最適合我的髮型，然後把腳步小駐在你的音樂酒屋裏，每隔一段日子，像今宵。

玻璃人語

　　有好長一段日子，我亭立在二十世紀的鬧市中一個小小櫥窗裏，以很十九世紀之姿，那是說，穿著一件晶瑩的曳地衣裙，那條裙子是多褶皺的、腰部很狹小、然後向下襬舒展開來，擴漾開來，像影片中跳宮廷舞的貴婦人的裙幅一樣翩躚。我把左手壓在胸襟上，右手則撐著一把玻璃小傘，傘柄斜斜地倚在肩上。

　　在傘蔭下，在櫥窗裏，我悠然佇立，用水晶質的眼珠觀照熙熙攘攘的行人。他們孜孜於名，孜孜於利，總是那麼忙碌，那麼來去匆匆，永遠不把腳步停駐片刻，停駐在我身旁，看一看我的細緻，我的玲瓏，我的純白，我的透明和亮麗。而且，他們也不知道如何更深入事物之本質，如何發現我玻璃人並非全然的靜物，因為我畢竟沾了一個「人」字。而人為萬物之靈，因此我是有靈性的，既然我是玻璃人，而非玻璃，像包圍著我的其他玻璃物品：玻璃井、玻璃船、玻璃蠟炬、玻璃鋼琴。所以，我的家族不是物，而是人，尤其是我的女主人，她也像我：純白、細緻、透明，但又那麼遺世獨立地站著，在你爭我奪的芸芸眾生之間。

　　你一定覺得那是荒謬的，玻璃人居然會說話。果爾，你真是才疏學淺，孤陋寡聞。就算你把我視為靜物，因為我沒有生命，而修辭學裏就有很通行的擬人法，作者借靜物的口說話，也向靜物說話。法國十九世紀名詩人拉馬丁就在題名為「湖」的那首詩裏向磐石說話，而且要磐石為他的愛情作證。他要磐石為愛情作證，不無理由，愛情是會剝落的，像風化的磐石。既然磐石能說話、能聽話、能作證、能敍述，我玻璃人自然也具有同樣的能力。那麼，就讓我向你敍述我的閱歷，我的故事。

　　話說，我在那家小店舖的櫥窗裏亭立了好久好久，也觀察了好久好久。我聽見的老是同樣的話語——老闆娘和顧客之間的討價還價；我看見的老是同樣的姿勢——永恆的來去匆匆；我注意到的老是同樣的表情——每張臉譜上的不真誠。那些重複的話語令我厭倦，那些同樣的姿勢令我厭倦，那些同樣的表情令我厭倦，一切都令我厭倦。甚至對自己我也有了一分慨慨的厭倦。於是，我渴望換個環境，像活人一樣去外國旅一次行。其實，我並沒有確定的目的地，只想換換空氣，看看別種空間，別種面容。同樣的空間，同樣的景象令人窒息，無可爭議地。終於，皇天不負玻璃人，我如願以償了。

　　有一天，那值得歌頌的一天，我如今的女主人打從我身邊走過。也許，我和她之間有一份宿緣。她一眼瞧見了我，

也一定欣賞我，因為同聲相應，同氣相求。她連價目表都沒有瞧一眼，就叫老闆娘把我從櫥窗裏拿出來，用海綿紙包好，放在一個小匣子裏，然後把我拿到一座綠色山岡上，把我安放在她的書樂之家。我把她的屋子命名為書樂之家，主要的是為了創新，因為她曾經管她的小樓叫香水樓，二十世紀的咆哮山莊「風樓、夢谷」。我不愛抄襲，所以把她的小樓——我的新居——命名為書樂之家，我有我的理由。

據說，我的女主人曾經是貴婦人，在鳳凰花繁開、廟宇林立的東方水市，只是近十五年來才由絢爛歸於平淡，身上不再有金璣玉帛，室內不再有地毯鋼琴。極目處，四壁之間，全是圖書，中文的、英文的、法文的、德文的，還有一點西班牙。圖書之外，就是和音樂有關的東西，一架二聲道唱機，一盒一盒的唱片，一冊一冊的歌曲集，一個樂譜架，一把六弦琴。有一天，文化學院音樂系主任和一個女孩來她家尋訪，看見樂譜架上的歌曲和玻璃墊上的一大堆一大堆的歌本，那女孩向音樂系主任說：「好像到了『妳』家。」另一天，好冷好冷的一天，計程車司機為女主人提著一桶煤油走進客廳的時候也說：「妳是音樂系的嗎？」所以啊，我把她的小樓稱為書樂之家不無理由，因為我看見的不是書就是樂，不是樂就是書。

如今，我終於有了一個新環境，也可以說是遷於喬木，因為這個環境比較適合我，我和女主人原是孿生姊妹。她家

裏很是不俗，她個人又與世無爭，是閒雲野鶴的典型。我的
左鄰右舍是蝴蝶蘭、螃蟹蘭、素心蘭、九重葛、長青樹、秋
海棠，和一閃即逝的曇花。我看見的是圖書，聽見的是歌聲
琴韻。自然，有時包圍著我的是一大片無邊的靜寂，當女主
人閱讀或是建構心靈的城堡。

　　不時，也有朋友來尋訪她的小樓，但全都是小小年紀沒
有心機的人。也許，只有純純的心靈才適合她，她是那麼胸
無城府。

　　有一天，一個又高又帥的男孩向她說有人管 XX 電視台
的 XX 記者叫玻璃人。我聽了十分好奇，女主人也非常驚訝。
她說：「我認識那位記者，是不是因為他身體單薄方有玻璃
人那個封號？」

　　「不，因為他細緻，像是由玻璃做成。」

　　「好巧！在巴黎的時候，也曾有過一個愛慕者叫我玻璃
人」，女主人說，「他管我叫玻璃人，因為他覺得我易碎。」

　　然後，她就同那個男孩追敘在巴黎的一段單邊戀情。有
一天，她自國立圖書館走出，在耶拿地下道車站下車的時候，
那愛慕者恰巧迎面而來，他一面約她去跳茶舞，一面在她身
邊自說自話地呢喃起來：「妳好神祕，妳好易碎，像一個玻
璃人。」

　　其實呀，我的女主人既不神祕，也不易碎。儘管她外表看起來纖纖柔柔，荏弱的外表卻包藏著一個堅強的人格，一顆堅定的心，一份對美善的執著。最重要的，她能不偏不倚，像一株獨立的樹。比方說，年年除夕，歲歲中秋，她總是婉謝許多友善的請帖，只是因為要學習獨立，也因為不願破壞別人合家歡之夜的情調。她寧可守住一山的冷濕和一室的寂寥，看佳節如何在寂靜中流逝。也許她不無理由。任何時光，快樂的、痛苦的、喧嘩的、寂寞的，全都流逝，以相等的速度。時間的腳永遠是同一步調。說時間快速得像飛艇或徐緩得像蝸牛只是由於人的主觀和心境。難怪和查理夫人一同遊湖的拉馬丁懇請時間為苦難者飛奔，為幸福者停駐，因為浸浴在愛情中的詩人有一種錯覺：時間飛逝得太快。而時光無「私」流，一如天無私覆，地無私載，日月無私照。金色的時光也好，黑色的歲月也好，全都以等速流逝，可以用沙漏度量。確然，女主人是個情智分明的女子，大我與小我平齊的。

　　她在學習一件事──在崗位上巍然屹立，在小我方面堅持對美善的執著，但是要切除阿奇里斯的腳跟。人生中有夢起夢落，一如海灘上有潮落潮昇。一個好夢向她奔來，她欣然接納，夢落之後，她也不再哭泣噓唏。也許，她已經切除了阿奇里斯的足跟，因為她有許多抗拒拂逆的對策，像文學、像音樂、像定力、像對人生的一無所求。

　　有時，山中的冬天真的太冷了。把煤油爐扭到最高度，
再把電熱器開到最高度，紅色水銀還是停駐在第七格上，不
再昇高。在那種令人肢體癱瘓的日子裏，她仍然不願思維凍
澀，而她的身體是全然由天象左右的。為了逃避永恆傷風症，
她就拿著一枝原子筆，一疊稿紙，去冬暖如春的富麗華扼殺
一個寒日。她很不歡喜富麗華那個名字，也不欣賞那一大片
紅色的裝潢。可是「明日」關門了，她熟悉的「明日」，她
偏愛的「明日」，有情調的「明日」，有回憶的「明日」。
「明日」實在是一個很有深度的名字，既代表希望也代表抽
象。是的，抽象，因為嚴格地說，誰都無法保證明天的自己
如此這般。明日像是鄰近，但又多麼渺茫。不過，能對明日
有所憧憬總是好的，那是今朝有酒今朝醉的反面，那不是過
一天算一天的同義字。而「明日」關門了，「明日」的男女
主人（我心目中的天成佳偶）竟然也已宣告仳離。她熟識的
鋼琴手，小提琴家，以及低音都已星散，她用「明日」做背
景寫成的「蠟像」不知是否已經融化？也許，她想面南，問
一聲：「吉歐，蠟像是否已經因高溫而全然融化了，融化得
蕩然無存？」也許會有雁字歸來，也許白鴿的翅翼從茲摧折。
然而，在任何情形之下，她再不用凄凄切切的嗓音唱「我相
信昨天」或「再一次昨天」。是的，不該惋惜昨天。李白就
說過：「棄我去者，昨日之日不可留」。要緊的是別讓「今

日之日多煩憂」。這並非說否定昨日且永不回首，而是悠然回首，把存在過的視為剎那的永恆，把如雲煙忽過的往事視為必然。雲來雲去是一種必然的天象，人來人去也可能是必然的「人」象。是時侯了，該向一首歌詞看齊：

> 水慢慢地流
> 流過我的心頭
> 輕輕洗去我的煩憂
> 流水似無情
> 一去不回頭
> 卻也載走了我的愁

也許，這就是為什麼我的女主人有時一整天都攏撚著吉他的六根弦反覆地唱這一首歌、像是要把自己溶入那一首歌。是的，必須把自己溶入一點什麼不變的事物，像文學，像音樂，像對崗位的責任感，而非溶入某人的心靈。心靈是善變的，並非蓄意而是必然，由於許多外在因素。儘管在最近一封南方書簡裏有如是的句子：「芭琪，請相信我。不論外物如何變化，我都不會離開妳。妳該相信，我們相依為命，在心靈上。」她會相信嗎？她該相信嗎？我的女主人？

是的，她知道得很多，她有許多專長，她有對美的執著，她甚至有玻璃人的品質──不變。但是她在某方面絕對不如

玻璃人冷靜，因為她傾向輕信。是的，她十分輕信，我用玻璃人語如此肯定，且有她的「蝶書」為證：

「自遙遠的南方，你讓白鴿為我捎來一本贈書：《大自然的舞姬》。今晨，在停雲的山前，面對著扉頁上的題句：『但願我們的夢有如彩蝶』，我有了一項憬悟。」

「在昨夜的燈光下，我曾細讀蝴蝶的生之軌跡，由幼蟲而蛹，而羽化，而翩躚亮麗，也曾把我們的夢和那些美麗的昆蟲加以比較，最初，你是以織夢者之姿向我言說：『讓我們拋開俗人俗見，織一個夢，把夢鑲上金邊，即使夢落，何憾之有？』一向，我對人生既不苛求，也無奢望，頗能持『得之我幸，不得我命』的態度。

「一個好夢驀然昇起，我欣於迎接，一旦夢落，我也不涕泗滂沱。而此刻，因為重讀你的書信，我猝然憬悟到你扉頁上的題句之真實性以及我們的夢與彩蝶的類似性。蝶之死只是生機之消失，一如人之死只是脈搏之靜止。儘管死蝶翩躚不再，而鱗片並不剝落，色彩依然亮麗，壓在玻璃墊下便是一具天然的美麗木乃伊，就像你我之間的夢，縱然可因現實而變形，但夢質恆在，夢靈長久，夢土長沃，夢蕾常綻。」

所以，我說呀，純真的女主人，輕信是一種危險。相信一顆心靈，必然變易不居的心靈，還不如依賴一片波濤，因為前浪去後還能繼之以後浪。而就「絕對」的意義來說，人並非不變，而是無常。

　　有時是隱形的變，有時是顯形的變，其變也則一，由於天然的及人為的因素。也許，蘇東坡是仁慈的，他用什麼「自其不變者而觀之，則物與我皆無盡焉」教我們自欺自慰，相欺相慰。

　　而我，玻璃人，才是萬物之靈中之靈，我一點也不像女主人，有時主智，有時唯情，還大言不慚地說什麼情智分明，其實只是把矛盾加以潤飾，加以美化，如此而已。

　　也許，有唯一不變的人，那就是玻璃人。我將永遠亭立在女主人的小樓裏，在眾書之間，眾花之間。只要阿美在打掃屋子的時候不毛手毛腳地把我撞倒在地上，只要女主人不在一怒之下把我砸得稀爛，我將永遠屹立，在書樂之家的一隅。苟有生，即永生，苟有情，即恆情，這才是不變之鑰。

　　若此，玻璃人是最最孤獨的，最最寂寞的，因為它在萬變之中，站出一種永恆，在眾濁之中，站出一種獨清。

水仙的獨白

一

　　在一間素雅的廳堂裏，經過十四個日子的蘊藉，我終於亭亭玉立起來了，真箇是玉立啊！我的莖幹原就綠得像碧玉模樣。呼吸著我的清芬的人，欣賞著我的風貌的人，讚許著我的品質的人，請別笑我顧影自憐，在水中央。我不同凡香，不同凡卉，我的始祖是拿爾西斯。

二

　　就讓別人把我視為傲岸的花朵吧，我原不愛假謙虛。瞧！我那一簇金，那幾片白玉，那一叢翡翠，它們是那麼素雅而又高貴。讓蜂蝶戀桃花的妖冶吧，讓凡夫欣賞杜鵑的俗麗吧！我不是大眾之花，公園之樹。我是水中仙，像李白是酒中仙和詩中仙一樣。

三

我不該自傲嗎，因那遠古的家譜，因那一則見經傳的神話？除了向日葵以外，誰能像我一樣數家珍呢？我的始祖那麼俊俏，那麼傲岸。我多麼因為他而驕傲！他保持了他的尊嚴，卓越，孤獨，自由才自溺於水中，變為一株不同凡葩的花樹，而且把它的後裔散佈於每個角落，在東方一如西方。人確然是應該自愛的，因為沒有誰會真的愛你，全然無條件地。

四

一定是由於孟德爾定律吧？我已經不再像被深水之女神發現的第一株拿爾西斯。據說它有茂密的紫髮而且鬈曲如雲。而我是繁衍在亞洲的旁系，頭額較為纖細，身材較為婀娜，色澤較為淡逸，芳香較為幽雅，而我的小巧玲瓏更為異邦人所欣賞，我的高雅也更宜於寫入詩篇。

五

我的同種——其他的花族們——，一定在悲悼我的命運。它們說：瞧！室內那株水仙，它孤單得多麼可憐。沒有微風向它低語，沒有露珠親吻它的頭額，沒有太陽溫暖它的心田，

沒有月光照亮它的睡眠，沒有蜻蜓為它跳圓舞，沒有黃鶯為它唱晨歌。而我，我好歡喜我的寓居，這個廳堂！

這是一個什麼樣的廳堂啊！像小型圖書館也像迷你博物院。有殷商的青銅，有歷代的陶瓷，有德國中古時期的縮影畫，有法國印象派及抽象派的圖象。有形狀繁複顏彩繽紛的樣品酒，有玲瓏剔透的迷你香水。至於藏書，那是集古今中外之大成。此外，我的左鄰是造型藝術式的松果，右舍是深邃玲瓏的貝殼。白色的天花板伸展著，為我避風雨，米色的窗簾垂下來，為我禦寒霜。自然，還有我那女主人，她除了坐在書桌前面塗寫一點三分美麗七分朦朧的東西之外，就是照顧我和她的另一株水中植物，她的銀樹。偶然，她也接納一位友人，他的名字也是拿爾西斯，倒像是我的孿生兄弟了。真的，我一點不寂寞，且被寵壞。

六

一天早晨，那時我還沒有開花，那個身體好健壯的阿美一面拂拭著塵埃，一面帶著好奇心向女主人說：「老師，妳把大蒜放在花盆裏？」我聽見了，幾乎笑得要把腰肢彎下去。之後，我才悟到那句歇後語的真實性：水仙不開花──裝蒜。

　　明天，當她再來打掃屋子而且看見我那一簇金玉交輝的花朵時，她一定會因曾把魚目當作珍珠而感羞慚。不過，我有寬宏的心胸，要原諒她，因為她說的，她並不知道。

永恆的夏娃

　　多年後，我終於買了一具令人滿意的粧臺，乳白色噴漆的，光潔亮麗。粧臺本身是長方形的，由兩個寬狹不等的立體構成。那兩個立體重疊著，像一個雙級臺階。第一級由兩部分構成：一個臺面，四個抽屜，很大的。抽屜是純白的，嵌著深咖啡橫條為飾。至於抽屜的開關，是咖啡色的圓環。第二級則由三部分構成：左右各有一個較小的乳白抽屜，夾著一個透明的小櫃。那小櫃有兩扇可滑動的玻璃門，上方是一塊玻璃板。我在透明櫃裏陳列著一些法國香水，很是剔透晶瑩。粧臺深處飾著一方鏡面，厚得像玻璃磚。不！鏡面不是方的，我為什麼說一「方」鏡面？不是正方，也不是長方。彷彿萬一，可以說是接近正方的長方，但是四個角不是尖的，而是磨圓了的，像民初的女裝元寶領。所以，鏡面該說是變形的，因為幾何學上沒有那種術語。我歡喜不太規則的東西，像變形的花瓶，變形的香水瓶，變形的洋酒瓶。至於我的餐桌，是正方的，於是我把它斜著擺，四把椅子也是，常常被人調侃地說成邪門。在這方面，我有點像波德萊爾，認為美該是奇異的，不合常規的，一言以蔽之，該與眾不同。

臥室裏只有一扇窗，面東的。早晨，太陽就是從那扇窗反射進來，投影在面窗的那方牆上。原先那個克難的，暗紅梳粧臺體積較小，就是放在窗前，從而把三分之二的陽光擋住了。窗和床之間有一方牆，原來有一張長方形的矮桌倚牆而立。

搬運伕把新粧臺送來的時侯，我說要換個位置，叫他們把舊粧臺拿走，把矮桌移到窗前，然後把新粧臺放在原來安放矮桌的地方。舊粧臺被拿走之後，臥室裏的陽光充沛了。加之，乳白又比暗紅更為皎皚，使室內豁然開朗。是的，一張美好的粧臺才是女人的臥室的靈魂。那確實是一張令人滿意的粧臺，而我居然是多年後才買的，真是不可思議！

「多年後」！單單這三個字是不會有人懂的，因為獨立的那三個字或是不意味什麼，或是代表未來式。然而，粧臺已經買了，自然不可能是未來式，因此，當我說多年後時，必然和多年前有關。

假如要追溯的話，渴望一個乳白色的粧臺那個念頭始於曼谷，多年前。那時，我是一個十分稱職的外交官夫人，在東方水市。記憶中仍然有似火的鳳凰花，在五月裏把庭園和鄉野燒得通紅。記憶中也有多彩的廟宇，螺旋狀的塔尖，穿著鵝黃袈裟的僧侶以及由木樁撐著的木屋裏的水上人家。運河兩岸有叢生的蔓草和小小竹林，河上有載著遊客的舢舨，

有兜售食品的水上攤販。老年的男女攤販的牙齒全是血淋淋的，因為他們有嚼檳榔的習慣。儘管曼谷也是水市，情調卻和威尼斯迥異。我比較喜歡那西方水市和威尼斯的遊艇，因為我偏愛意大利船伕的歌聲，柔而厚的。如今，我更愛他們的歌聲，因為他們的歌聲很像「你」的。對於歌唱，我十分苛求。我不愛冷冷的傳統意大利歌劇，不欣賞成年人的童音，不能忍受俗氣巴拉的女歌星，更不能忍受娘娘腔的男歌星。因此，在我的心目中，你才是「唯一的高音。」

　　怎麼會認識了你的？居然得歸功於曼谷，也得歸功於卓別靈。事情是這樣的。首先，我有一位泰國女友，姓巴哈迪，聽起來恰似用法文發音的天堂。加之，她是一個時時刻刻播種歡樂的女孩，周圍的人管她叫天堂鳥。那個鳥名就那樣銘刻在我的心田裏，第一次。誰能預料到呢？多年後，在寶島，我居然無緣無故地走向一家名叫天堂鳥的音響咖啡屋，其中有你。不過，我得加上一句，倘若只是其中有你，我們仍然只會互為陌生人，假如沒有卓別靈。

　　這個世界好大，人也好多，而人際關係卻微妙得不可思議，像卓別林居然影響了我的生之軌跡。假如不曾有卓別林，就不會有石灰光那部電影。假如沒有那部電影，就不會有「Eternally」那首既抒情又藝術的電影主題曲，卓別林寫的。我說「藝術」，因為那首旋律的曲式是模進加高潮，不像一

般通俗的流行歌，只是靠了套公式和用翻來覆去的相同樂句構成，很機械的。假如那首圓舞曲不是那麼悅耳，妮娜就不會時時刻刻地哼。她也是我在曼谷的好友之一，我們曾以假單身女郎之姿去檳榔嶼度過十個很逍遙遊的日子。每天早上，對鏡理紅粧的時候，她就哼那首旋律。聽著聽著，我被迷住了。

「那首歌真好聽？妳教我唱好不好？」

「我不會詞兒，連旋律也哼不全。」

「叫什麼名字？」

「Eternally」。

從那時起，我也和她一樣，只會哼頭八個小節，很遺憾地。之後，也偶爾在播音器裏聽見那首旋律，但永遠是演奏曲，從來沒有聽過歌詞。而我偏愛歌唱，對我來說，音樂就是文字加音符。於是，我一直尋覓那首詞曲，多年來。這種對一首歌的執著，是別人無法了解的，就像無法了解我畢生追求一個在我的記憶中喚起「無瑕」的名字，而且不必擁有那名字的主人。

終於，五年前，在一個流火的季節，像是偶然，像是冥冥中的安排，我走向了天堂鳥，聽見了你唱英文歌，深深地被你柔而厚、麗而不俗的音色迷住。當時，我並不想真的認識你，只是有一個念頭閃過：也許你會唱「Eternally」，也

許不會，因為你甚年輕。然而，還是抱著碰碰運氣的心情，寫了一封化名信，請你幫我找「Eternally」。誰能預料到呢？你非但把詞和譜寄來了，而且揭穿了我的身分。就那樣，你認識了我，我認識了你。我不僅認識了你，而且發現你居然是那個我畢生嚮往的名字的主人，那是日後才知道的。

今日此時，我就是坐在乳白色的粧臺前思念你的名字，也端詳自己：大大的眼睛，儘管有散光和近視；挺拔的鼻樑，曾經被說成「中國的希臘鼻」；豐厚的耳垂猝然使我憶起了葛蘿瑞亞，她如此說過：

「我們的詩人教授必有後福，因為耳垂豐滿。」

當時，我覺得那句話不合常情，因為我已不再是妻子，也從來不曾做過母親，何後福之有？也許我的「後福」原是超現實的：因你之存在而勾畫出來的生之軌跡，很獨特的。

鏡面像一方懸掛著的清清池水，平滑無紋。水面沒有雲彩飄過，只反映著臥室裏的一些靜物以及你的面容。而你並不在我身邊，也永遠不會在。只是，我的靈視看見你，處處；靈耳聽見你，時時。因為我的意識活動中全是你的影子。

鏡中有床頭櫃上那本剪貼稿，我打算續校的。昨天校對那些篇章的時候，我是多麼心存感謝。很反希臘傳統的，我的繆思是一個男孩。於是，我想給你寫一封很長的信，也許是最後的，因為近來，病神變了我的影子。雖然是信，依然

沒有稱呼，因為對我來說，你永遠是個無法正名的男孩，就像妳對我的稱呼也不時更換，似乎沒有一種稱呼，適合我這個沒有年齡的女人。就讓我為你執筆，在粧臺上。

認識你五年了，也一直想給你寫一封最長的信，只是並沒有那麼做。可是，我今天改變了想法，因為偶一回頭，發現窗外那樹白花已凋零得蕩然無存。潛意識中，遂有一個陰影告訴我，必須抓住每個屬於我的頃刻，說所有的真話，做一點越軌的事，小小的，但是美麗。

識你以來，我們很少單獨面對。然而，你不經意的一句話，對我來說，就是鼓舞；你隱形的存在，對我來說，就是心靈支柱。

識你以前，我心靈中有一段空白，春而不花，夏而不葉，陽光顯得冰冷，生活也無內容。心園是一片瘠土，為了應付稿約，只是勉強自己培植一點木麻黃。

識你之後，心園為之面目一新，變得深邃遼闊，其中繁花如繡，眾鳥齊鳴。面對著曲解、拂逆和不平，我也能漠然置之，因為一切都已終止，只有對你的思念是初。

我的童年很是冷蕭，婚姻亦然。指環摧折以後，我決定了活一個夢，但是必須無瑕。曾經，有過幾個夢境升起，在我的生之道上。幾度物換星移，夢境也被我否定了，先先後後。法國有一句諺語：「生活不是小說」，真是至理名言。

苟有所得，必有所失。追求現實的人便無法苛求無瑕，因為
現實不是完美的同義字。於是，我有了自己的看法：無法擁
有現實的人就該享有一個塑造無瑕的對象。而那個對象，就
像現實生活中的，也並非俯拾即是。踏實也好，虛幻也好，
全都那麼艱難！

　　所幸，我認識了你。認識一個人並不重要，重要的是，
你的名字漸漸地成了一種縈繞，揮之不去。午夜夢迴時，是
你的名字立刻佔據我的思維。也是你的名字伴隨著我，當清
晨的鳥歌將我喚醒。甚至在病中，我也能有一個令人恬適的
想法：多活一天也好，因為人間依然有個令我留戀的名字。
假如我該立刻撤自塵寰，何憾之有？因為我追尋的，我已
覓得。

　　人生原是一種旅程，同年代的旅者才能永遠攜手同行。
你我原非屬於同一年代的旅人，而我們相遇了，且相識相知。
我的篇章旋律中有你的名字，你的音符中有我的文字。儘管
你我之間不可能有生活或小說，但有一份相互的欣賞，一份
濃濃的同好，一份關懷和鼓勵，也算一種奇蹟。就是那個奇
蹟使我能在人生道的招呼站上有所留戀，也能在終點站上含
笑而逝。是的，許多人都笑過了，笑我曾經被瞎子撞倒。如
今，我笑了，不是幸災樂禍的笑（我的人性中只有善良），
而是欣慰的笑。

　　書至此，我的思緒被擾亂了，由於鏡面反映的那隻玩具狗。牠美麗地趴着，使我想起一個讀者的話：

　　「妳似乎寫過一篇很哲學的散文，關於玩具狗。」

　　「兩篇，而且很長。」

　　「作家的感覺都比較銳敏，表達力也強，是不是？」

　　「也許每個人都是不自覺的作家，只是，一般人都害怕思索傷了身體，害怕感性傷害心靈，自然就無法表達了。」

　　而我，我是感性主義者，我「感」故我在。有一陣子，也曾想放下筆，因為自覺死去了一半，因為無感不覺。在心靈空白之後，是你使我又拾回了失落的感性和沈思。因為是你，我必須情智分明。因為情智分明，我能在矛盾中創造和諧，又一度。我歌，歌頌你的美好。我塑，塑造一分無瑕。我譜，譜出永恆的讚歌。我證實，證實你不自知的美好無雙。

　　書至此，我走向了窗。前些日子，窗外那株高樹依然白花紛簇，如今只剩下茂密的小葉叢。我曾把那株花樹作為靈感之源譜就一首很輕快的旋律，我的作曲顧問林教授還對那首曲子十分欣賞。是怎麼會譜曲的？只是由於你的一句話。假如我也有一個司樂之神，捨你其誰？就讓我把歌詞抄錄如下，作為這封信的尾聲。

春天已經來到這山岡
處處充滿芬芳
今天我在窗前眺望
眼前忽然皎潔明亮
那是一樹小小白花
花朵綴滿枝椏
它帶給我一份驚喜
因為它是那麼亮麗
我最歡喜
這麼一種東西：
像那白花
猝然帶來驚奇
那樹白花
也使我想起你
因你使我
創造許多驚奇

寫給自己

芭琪：

有人說妳是一個善變的人，因為妳筆下那個「你」字常常代表不同的名字。也有人說妳不面對現實，只一味地追求美，而美是很不踏實的東西。說那些話的人只是自以為了解妳，而實際上他們全是斷章取義。唯一比較客觀的人是周伯乃，他說：凡是妳在現實生活中得不到的東西，妳就在夢境中尋求。不過，他也只說對了一半，畢竟他不是妳。

自然，唯一了解妳的人是我，因為妳即我，我即妳，妳是一位情智分明的女子，也從而在現實和理想之間畫一條清清楚楚的界線。妳知道，「人」原非「完美」的同義字，因此，當妳擁有現實的時候，妳不曾求取完美。固然，決定卸下指環的是妳，而在現實中吹毛求疵的卻是對方。於是妳累了，決心放棄現實，悉心塑造一個完美的雕像，奉之若神明。不過，當雕像也變得有裂縫時，妳就必然選擇另一種素材，重新塑造，因為妳認為既然無法擁有完美的現實，就該有塑造無瑕的權利。於是，妳塑造了許多，先先後後，也搗碎了許多，先先後後。

這一次，妳似乎選對了素材，雕像也完美。而且，為了證實它是否不碎，妳曾把雕像一再投擲，看它在拋物線上駐腳，也聽它是否在落地時有破裂的聲音。這一次，妳終於能如此肯定：塑造了一個完美的雕像，且不破碎。也許，我該給妳一個新的封號：皮格馬林（Pigmalion）的孿生妹妹。

一年來，你貽我華美的、奇特的定時錦書，瑰麗無雙。讀你之後，我的心境，你無法幻畫，也沒有時間去揣想，我能如此肯定。

我的心境有時像一朵流雲，恬適而悠然；有時卻似一陣幸福之風，猝然吹起，使心帆膨脹。

讀你之後，我發現自己變得更聰明了，更豐富了，更仔細了，更柔順了，而且也更年輕。

你無法幻畫我的心境，我用我熟悉的三種語文如此肯定。我能出席一次笑語喧嘩的盛宴，參加一次洋溢著歌聲琴韻兼舞影的晚會，而曲終人散後，當我獨自回到我的小樓，扭開檸檬黃的立燈，空虛感並不向我襲來，如夏日的雷雨向曠野裏的旅人來一次突擊，且無樹群為他構成蔽蔭。

那是一種深深的滿足，我的心境；那是一種濃濃的幸福感，我的心境；那是一種完成了的（終於完成了的）永恆感，我的心境；那也是一個反覆的疑問號：你為何如此不可抗拒？

　　思你，拂逆遂遠離著我，委屈亦然。念你，靈感之源遂
迸湧如世界最高的噴泉，水柱爆裂，幻成詩，幻成文。

　　似乎，在久久貧乏之後，我已擁有一個不可耗竭的寶藏。
似乎，在死去了一半之後，另一半又已復活。天帝至少對我
公平了一次，在我不太顯得衰老的日子裏。

心囚

通常，囹圄二字總給人帶來不光彩的聯想，因為被禁閉在囚室裏的人必然是謀殺者、盜竊者、叛國者或是色情毒品販賣者。那兩個字也使一些恐怖的形象呈現於你眼前，像鐵窗，像嚴刑拷打，像木然的眼神，像神情低落的面容。

然則，有一種囹圄是美麗的，那就是心囚。何謂心囚？那就是自願對一個偶像的忠貞。換言之，那是自願地將心扉深鎖起來，不讓除了那個偶像以外的任何人佔有你的心靈。在那囚室裏，你不會有失落了自由的感覺，因為你並非真的與外界隔離，與大自然隔離，因為你仍然生活、工作、往來、與人交語。因此，你不會有囚人的感覺，相反地，還會有一份雀躍包圍著你，因為你才是那個囚室的主人，能在其中自由地馳騁，自由地思索，自由地創造，總之，那種囚室會把你導向永無休止的進境。

也許，你想知道，為什麼需要一個心囚？那麼，我只能給你一個絕對主觀的答覆。我說主觀，因為只有我才是這麼一個沒有出息的女人：必須有所投入，必須有一個靈感之源。有了那些靈感之源，大我才敬業樂業，小我才能塑造完美無

瑕。始終，我認為「美」總是好的，儘管二十世紀的人或是有出息的人對它不屑一顧，甚至加以嘲諷伐撻。而我是唯美的，理由很簡單：完美總勝於它的反面。

近來，常常有當年迷我的小讀者來信教訓我，說美是不踏實的東西，要我放棄對美的追求，面對現實。也許，語言真不是溝通心靈的工具，因為我居然不懂她所說的「面對現實」是什麼意思。而且，我「真」是不面對現實嗎？在課室裏，我是一個不惰的嚴師，在課室外，我是一個亦師亦友的心靈培養者，國家需要我的時候，我總是夜以繼日地去完成一件莊敬穆肅的工作，這不是面對現實是什麼？

只是，在小我方面，我永遠嚮往無瑕，也偏愛塑造無瑕。而現實生活是不可能完美的，一般人只是為了顧全顏面不肯承認罷了。我認為，藝術家的使命便是創造完美，也算是一種補償。所以啊，我必須有個心囚，使我能實現大我，莊嚴地；使我能完成小我，美麗地。

心樹

　　有形形色色的回憶：像蜜糖的回憶，像黃蓮的回憶，像甘草的回憶，像惡夢的回憶，令人懊惱的回憶，令人沮喪的回憶，令人憤怒的回憶。但是，在我心中，還有一種很獨特的回憶——我對你的回憶——無法被歸類於上述諸回憶中的任何一種。無以名之，我把它稱為無瑕的回憶。

　　有些回憶是該扼殺的，因為它啃食心靈。有些回憶，雖然一度甜如蜜，像初戀，會漸漸地被淡忘，由於它本身的品質。我有過許多的體驗，也從而擁有各種的回憶，而今夕此時，我鄭重地宣言，只有對你的回憶有待珍惜，值得珍惜，由於它的無瑕。

　　自始，我不是一個有大志的女人，只追求一份情愫上的完美花不斷。有些花是無季節性的，像玫瑰。某些花則不然，有屬於自己的時令。是流火的夏日嗎？茉莉和梔子花便把自己做成名牌香精的樣子，荷塘裏的蓮也立出一種亭亭美姿。是春天嗎？櫻花和杜鵑便喧嘩起來。假如是五月，相思花就把華岡鍍上一層黃金。是歲暮嗎？山茶花和聖誕紅便為寂寞

的庭院著色，螃蟹蘭也是。所以啊，假如說陽明山是一座大
花園，確是一項真理。

已經有三十個年頭了，我住在這個大花園裏。假如說只
要是住在大花園裏就是福人，也不盡然。對怯寒的我來說，
對患著永恆傷風症的人來說，深山中的風風雨雨便是一種可
怕的天象，何況從天性上來說，我一向不是巴拿斯派的信徒，
無法為大自然而愛大自然。在我神情低落的日子裏，十座玫
瑰園也無法照亮心靈深處的幽暗。因此，必須有一座花園，
在我心靈之一角。換言之，必須有一個影像為我準備一方心
靈之沃土，然後我就把自己做成一名勤奮的園丁，勤於播種，
勤於耕耘，勤於施肥和灌溉，勤於修剪刈除，為了培植一方
心靈的園圃，為了讓夢花蘊藉。夢蕾綻放時，遂有一片嫣紅
姹紫，盡態極妍。只要我擁有一座心園，百花可以凋謝，眾
木可以枯槁，因我心深處仍然繁開著萬紫千紅，一年四季。

我是園丁，你才是提供沃土的男孩，我培植文藝之花，
你則是多元性的繆司，如今。

我的文學世界

「並非孔雀石的雕像

且透明如水晶

只是一個永恆的夏娃

從無壯志

知道一些經史子集

被祖母之嚴厲逼出來的

通曉一些英文

自平克勞斯貝的歌詞中悟出來的

掌握一些巴黎語

由於七年的觀望

在「利希利爾講壇」內

在色納河畔的垂柳之間

但有一些不渝的嚮往

室內：無瑕的情思

人間：無私的天秤

以及各種美麗

有形或無形

有聲或否

而經驗說

颱風夜的待月草是妳的名字」

——自畫像

我有一個長處（或是短處）：不屑於偽善。無論是做人或是行文，都以至誠為上。從「自畫像」那首詩裏，你們就能看出我的形象：既非天才，也不是孜孜於學的女人，只憑一點小聰明用文字記載我的真實生活，美感經驗，再加上一點獨特的哲學，構成一個情智分明的世界。這就是我的風格。我不因讚譽而沾沾自喜，因為自知不是天才；也不以別人斷章取義的曲解為忤，因為我的遭遇和感受，別人不知道。今年夏天，就像每年夏天，太陽是無邊的火傘，蟬聲是沒有休止符的樂章。抄稿的時候，腕上的汗水黏著稿紙，使人慵於執筆。加之，《孔學今義》的法譯本正在定稿中，使我碌碌終朝。原以為定稿日會給我帶來一份成就感，從而令我欣喜雀躍，然而，唯一的感覺是履行了一項任務，甚至可以說是一項「大任」，因為孔子是我們的瑰寶，而我以經紀人之姿將國寶輸出，該算是一份大任。而我居然沒有一點成就感，這就足以證明我是一個沒有出息的大女人。不過，只要能把自己剖成兩半，使大我變得有用，使小我創造藝術，即使有褒貶，也只該是毀譽參半而非罪大惡極吧？

由於「八」月流火，我只能在入夜以後的微涼中完成法譯本《孔學今義》的定稿工作。猝然，電話鈴響了，是《晨鐘》副刊主編邀請我為「我的筆耕」專欄寫幾句話。筆耕二字我擔當不起，因為在文學園地上，我沒有付出老農老圃的辛勞。我只是一個生活得很藝術的女人，一個感性很濃的女人，一個心靈很細緻的女人，一個感情很綿密的女人，如此而已。假如能用一個數學公式代表我的作品，那就是真加美等於善。

《晨鐘》主編也曾問及我寫作的甘苦，我該說二者兼而有之。當我把任何一種主題處理成一種藝術品的時候，我就樂以忘憂。苦的是，完成感帶來的「甘」並不持續，接著又必須斟酌入微的去創造另一種藝術品。有時，我能一氣呵成一篇詩文，那種敏捷給我一種不勞而獲的欣喜。

這個世界好大，人也好多，為了構成一個多彩多姿的世界，形形色色的人皆是必需。同樣地，文藝的園地也該繁複，該讓群芳競艷。我們不能一味地貶損玫瑰，推崇鐵樹。假如一座花園中只有鐵樹，那個園子會是多麼貧乏，多麼暗淡。因此，我最怕被邀請出席文藝座談會，因為我的真理是藝術不做附庸。因此，假如我說真心話，就會顯得離經叛道。而我唯一的缺點（或是長處），就是不會說謊。既不願說謊話，

又不敢說真話，就只能在座談會上做啞巴。假如以啞巴之姿出席座談會，豈非多此一舉？

最近，我有一本書當選為最佳讀物，題目是《彩色音符》。在我四十多種譯述及創作之中，只有《彩色音符》被列入最佳讀物。主要的原因是「大我抒情」的文字佔了全書的三分之一。那是我自軍中歸來的訪問記，卻是寓戰鬥於「藝術」之作品。我很自傲地說，我的載道文學也很「藝術」，也很多面，那才是重要的。革命文學最忌「八股」，最忌「口號」。我把那兩個名詞打上引號，因為我曾在一次文藝座談會上發表那種意見。當場就有一位文友說我們最好不要使用那兩個名詞，似乎我造反了。而我是膽怯的女人，即使有理也不好意思和對方據理力爭。不過，從那一次起，我就發誓不再參加任何文藝座談會，因為不願把自己變成一隻鸚鵡，人云亦云。

既然，我說話的時候不願人云亦云，寫文章的時候也就有專屬於自己的思想和字彙。最近，國際文藝營邀請了一位法國文學批評家來台，我以翻譯者的身份出席了一次座談會。當座談會主持人問他文學批評的標準是什麼的時候，他說他只有唯一的標準：PERSONAL（有主觀的個性）。我很贊同他的看法，因為作者之可貴在於與眾不同。

被判定了住在深山裏的我，生活層面比較狹小，我的文學世界也就不甚遼闊。只要我能在小千世界裏創造一點既藝

術也不乏深度，既感性也智性的小品，也就仰不愧於天，俯不怍於人了。何況，從相對論的觀點來說，草叢中的「毋忘我」也是一種必需，否則喬木何以顯得它的強勁與崇高，是不是？

最後，我也不忘記說，我從來不以「作家」自居，因為我對作家所具備的條件十分苛求，一位真正的，能負偉大使命的作家如果不能像雨果那麼十項全能，至少也該會寫有份量的長篇小說。因此，我只是八十本書的作者和譯者，如此而已。至於主題，也多半限於言志。那個志並不大，甚至可以說是狹窄。不過，因為我不偽善，所以勇於承認自己的缺點（假如真實和言志就是缺點）。我寧可狹窄而文如其人，而不屑於「文」行不一。每人都有大我與小我的兩面，只有聖人才是例外。我用崗位實現莊敬的大我，用詩文詞曲呈現藝術的小我。這種涇渭分明是解決心靈世界之矛盾的唯一方法，至少我如此認為。

蛻變

一定是因為想起了窮則變變則通那句古語，我終於決定了蛻變，徹頭徹尾地。

外形上：妝扮得很濟楚，然後笑、然後唱、然後跳、然後學習膚淺，快樂之道在焉。

心靈上：向卡繆看齊，但以偽善取悅於人，成功之道在焉。

風格上：不再古典、不再浪漫，而是要意識流。從前，我並不標榜意識流，覺得那種時空交錯，主從不分的表現技巧有點顯得雜亂無章。如今，我偏愛那種手法因為必要時可以用省文法，用跳躍式，最重要的是可以不必有交代，像某些公文中的「緩議」。於是我開始寫了，很意識流的。

❧ ❧ ❧ ❧ ❧ ❧ ❧ ❧ ❧ ❧ ❧ ❧ ❧ ❧ ❧ ❧

好華美的清晨！藍天、白雲、青山、林間路、別墅、沿路的夾竹桃，一滿架的藤花。假如說有什麼缺欠，該是路旁那條太混濁，硫磺味太濃的溪流。世界就是這樣，有蝴蝶就必然有蟑螂。那是上帝的意旨，我們無法抗議。奇怪的是

在這個社會裏常常是蝴蝶被忽視，蟑螂甚猖獗，真是太反常了。

晨報、時事、副刊、散文、短篇、文化交流、緩議，那輛無意中被我發現了的轎車，我也從而知道它的女主人只是一個偽裝的淑女，一個純潔其外、污穢其中的貴婦人……Hang it！我要火腿煎雞蛋，要走向此山中那家唯一豪華的且有回憶的餐廳。有回憶，但不是你，至少如今不是。

我選定了靠窗的那張桌子，因為它屬於初見。告訴你，那是和 Protee 的初見，但非來自古希臘而是來自萊因河上。你一定不知道萊因河在那裏以及 Protee 是什麼東西，你原是那種沒有深度的人，而我居然歡喜過你，真是聰明一世，糊塗一時。不過，人不怕犯錯誤，過而能改，善莫大焉。這一次，我真的是被哲人所吸引，於是有了初見和永恆的心契。怎麼會認識他的？想起來只能說是偶然。一次黃昏朦朧中的邂逅，一次比鄰而坐的夜宴，一次深談，就有了童話。但是我決定這將是最後一個，沒有明天的但又不被謊言沾污的情思才是永恆。假如 G 知道，她又會說我是傻子，不夠現實，感情太年輕，從而矛盾，從而痛苦。而我不怕痛苦，我不能忍受的是空虛。記得那個和我同名的小女孩就如此說過：「妳是屬於痛苦的，痛苦使妳生存豐富，文采煥然。」如今，我依然痛苦但是何其富有。穿過窄門，我的天國依舊在人間。阿麗莎！我們真的不能做孿生姊妹。

我選定了那張靠窗的桌子，屬於初見的，面窗而坐。米黃和咖啡交雜的天花板很素雅，大理石的地板很高貴，平滑得可以跳華爾滋。你一定不知道我的華爾滋如今跳得多麼優美，靈魂舞也是。學習膚淺並不太難。窗外是一帶青翠的山和兩個游泳池，碧綠的瓷磚把浴水映得像翡翠。太陽從玻璃窗射進來，照在雪白的枱布上，落在那頓豐富的早餐上。吃完了那兩個火腿蛋和兩片烤土司，喝完了橙汁和牛奶咖啡，我又想起了那輛令我反感的轎車以及來自博愛路的公文。那些聯想令我氣憤，但是我立刻轉變思路決定善待自己，於是走向櫃台，拿起乳白色的聽筒。

「喂！請接你們山下的五〇三室」

「講話中」。電線的另一端傳來一個職業性的聲音。

我等著，一面計畫如何善待自己。

「五〇三來了」，女接線生說。

「C. M.今天有什麼節目？」他是我大學同學，正從美洲來臺灣度假。

「早飯有約，午飯也是，只有夜間空閒。」

「那就今晚請你餐舞，六點鐘我來 lobby 接你。」

他說六點半也許更穩妥，為恐遲到。我說六點半也行，反正我有的是時間。如今我真的休假了，既然文化交流受到阻礙。

之後，我搖了香檳廳：「今天晚上 H 教授要訂一個雙人座，最好的。」

H 教授要訂一個雙人座，最好的。聽來是滿不錯，多麼美好的頭銜。難怪大家都要正「名」，「實」倒可以不顧。因此，詩寫得有沒有境界並不要緊，只要有桂冠詩人的頭銜就行。接著，我又搖了自由之家：「替我保留那間單人房：四一五室。」四一五室，為了喚起那個「現代詩之夜」，福隆浴場以及那枚魚形的竹子胸針。就是由於那夜的一篇英文演說我才有了被邀請去美國講學的機會。但是被禁足。

自由之家。

猝然覺得自己真個自由了，至少在這個小天地裏。我打開了小提包，著手整理衣物；晚禮服、睡袍、梳洗具、化粧品。啊！別忘了在六點半之前譯完那篇英文稿：「世界史原可能有之形態」。我要玩，他們卻要逼我工作，一次、兩次。自然該賣個情面，何況據說那位編者還是了解我的人。了解！為什麼決定了蛻變還希望別人了解？不過那篇文章有內容，英文也漂亮，而且那老學者也是敢怒敢言憤世嫉俗的，真能引為知己了。

我走進化粧室，同時開了冷熱水龍頭，浴池盛得滿滿的，讓自己埋在泡沫裏，三十分鐘。然後自水中走出，開始翻譯那篇文章：「世界史原可能有之形態」。

原可能！原可能！我最討厭這個時態。世界原可能是美好無雙的，假如人不曾把它弄糟。

❧ ❧ ❧ ❧ ❧ ❧ ❧ ❧ ❧ ❧ ❧ ❧ ❧ ❧ ❧ ❧ ❧

我們相對而坐，那位老同學和我，在香檳廳。

穿著白襯衫，打著黑領帶的侍者給我們每人一張菜單。

「Russian soup, Filet de sole, Swiss chocolate ice cream,」我說。

我的客人問 Filet de sole 是什麼。我說是法文的鞋底魚。他也點了同樣的東西，一面說他原以為浙大的外文系並不高明。我說是，浙大以電機和史地系聞名，不過外文系出了一個我總算不錯了，一面驚訝於自己反常的不謙遜。本來嘛！要變就變得徹底，說了不謙虛的話就該自由自在。於是我猝然悟到自己真的徹頭徹尾變了，但願變則通才好。

他遞給我一枝煙，我先搖搖頭，然後又接過來吊在唇邊，一面俯身向他的打火機。灰色的煙雲開始氤氳起來，一縷又一縷，然後溶化在充滿了音符和笑語的空氣裏，不留痕跡。難怪日文中的形容詞也是能變字，據說昨天的「紅」和今天

的「紅」就是兩樣寫法。本來嘛！昨天的紅一定深於今天的紅，明天的紅一定淡於今天的紅。人間的一切都是如此，由濃而淡，淡而無。記得在中學裏有位男同學說過世上的一切都非我屬，只是暫時的佔有，那點暫時過去之後就是空了。這一定就是佛家所謂的諸行無常，諸法無我。當時我還太年輕，沒有悟到中學裏居然有那麼一位小小哲學家。

而此刻，坐在我對面的是大學同學，雖然是不同系的。然而，同學究竟是老同學，可以推心置腹，毫不虛偽地，我就是討厭偽善。要嘛真真實實地善，要嘛坦坦白白地惡，最可鄙的是偽善，魚目混珠。

「聽說妳被邀去美國講學，何時成行？」

「你只知其一，不知其二，我無法成行」。

也許是安慰我吧？他說：「政府一定是怕真正的人才外流，像樣的人該留在國內。被派出去作文化交流的人常常是斗大的外國字認不到一升，我就碰見不少，真為妳叫屈。」

我說沒有關係，如今我要做一件沒有任何外力能阻止我的事：改變自己。他問我如何改變，我說善待自己，一心研究楊子哲學，一切為我地活半個世紀。他愕然地望著我說：「記得妳不但英法文很好而且自幼熟讀聖賢書，一向是主儒的，怎麼做起叛徒來了？」我說他的古書背得不熟，四書裏明明說過窮則獨善其身，達則兼善天下。我既沒有達的權利

就只有獨善其身了。他問我如何獨善其身，我說從今而後改
頭換面一切為我。譬如說，從前我為別人患著第三期憂鬱症，
憂鬱得不必耗費分文買地糧。如今我要設法患遺忘症，在遺
忘中大吃其山珍海味。從前我為別人守住一山風雨滿室悽
愴，如今我要追求歡樂扮演喜劇。從前我只在作品中表現溫
柔敦厚，如今我要嬉笑怒罵。從前我會因被冤屈而坐立不安，
而今天當我收到「緩議」的時候我就決定與你共舞到夜深。
從前拿起電影廣告總是選擇纏綿悱惻的文藝片，而這個星期
我就看了兩遍「妳是惡魔」，看得津津有味而且想如法炮製。
能謀殺一個百萬富翁才好，我說，是財大都不義。

　　他猝然大笑起來說：口裏嚷著要變壞的人永遠不可能
變，就像蓄意自殺的人決不在人前提起厭世，只在暗中把安
眠藥存起來，吞下去，或是在夜深人靜的時候跳海墜樓。然
後他又說本性難移因為我是那麼一個善良的靈魂。我說他不
知物極必反的原理。太純正的人總有一天發現善良並無用
處，出眾也無用處。世界就是這樣，虎落平陽被犬欺。

　　我要了一大杯威士忌蘇打，一口氣吞下去，一面說：No
use being good, no use being outstanding！

　　猝然，我偏愛的藍色多瑙河在耳邊悠揚響起了。我說：
來！跳一支 Blue Danube。他說怕帶不好，我說沒關係，不為
藝術，只為蛻變。於是我們在輕快的音符中旋轉，陶然地。

　　──我看看錶：凌晨一時。

第二輯

受我最後祝福的人

西班牙城堡

　　宜設計金城湯池的日子早已遠去，遂滿足於西班牙城堡。自然，並非坐落於馬德里，或直布羅陀海峽，亦非鋼筋混凝土築成之壁壘，更非琉璃瓦簇之鱗次櫛比，只是文字砌成之亭台樓閣、玉宇瓊宮。無奈，曾經一度像馬拉梅那樣，靈感枯竭，體驗著詩文危機。書寫原只是捲起千堆雪之一葉舟，舟過水無痕。無書寫即具負面意義之枯井，即節日後之灰燼。唯書寫能將我自空無中拔出且經營城堡之築構。對我而言，存在之目的原只是書寫。若無書寫，活著只是非真實的、浮面之存在，只因無法因已作成之書寫而自怡悅。

　　所幸你，心靈探險家，文字煉金術士，夢幻天使，你及時顯現，說著如雪的話語，遂有錦書如繁弦急鼓，自東徂西，自西徂東。文字是磚磚石石，殊情是地基。思維之蘊藉構成雕樑畫棟，美哉奐焉。

　　你來自白雲深處，襟上亮著薔薇，眸中閃著靈光。你之在，使陰霾退隱。我是盜火者，正走向你之光華。我是詩人，寫詩寫文，而你而你，你是播種靈感的人。又一度，我和人生有約，大地誘我凝眸。我凝視花卉，凝視山林，凝視日月

星辰。蒼天徒然為我勾勒日月星辰，我心我心，依然眷戀提供幸福之大地，只因其中有你。

　　誠然，我愛深居，於文字築成之西班牙城堡，縱然是短短，依然是永遠。

兩地書

　　錦書以繽紛來，信尾語也奇特：「屬於妳，心和靈」：「讀妳，故我在」。

　　你說欣於存活，但非由於年輕，因為按照雨連・格林的說法，今日青年全因永遠無法填滿的欲望而受折磨：對金錢和性愛之過度尋求。

　　而你，你欣於存活，只是為了閱讀我之書簡及詩篇，說它們是驅魔劑，將你引領到一個如此的世界，其中充滿著秩序、美麗、豪華、恬靜、感官的無邪之極樂。

　　你又說，有一天，你變老時，將反覆誦讀那些纖麗的書簡，由詩之靈及戀之手寫成的；說它們更是祛魔劑，因為能使你頑強地對抗每下愈況的今日世界，就心靈層面而言。

　　關於近況，你如此言說：「常常，靈感枯竭時，當我在雨連・格林迷宮似的小說世界中踉蹌時，遂自家室中走出，走向聖心堂，在祂門前的灰色台階上坐下，俯視巴黎全景。有時，由於教堂鐘聲之鏗鏘，一種清明恬靜將我包圍，於是，蒙馬特山丘為我祛逐煩憂之地，由於其宗教氣氛，更因為妳

曾為祂撰寫頌歌，我從而因感悟而有一種不可抗拒的走向祂的欲望。美妙的縈懷！」

你又自稱為無野心的旅行家，到了法國卻不希望遊遍全歐。你認為，大多數的人都忘了自己只有一個身體，受制於自然律的，說他們也不知道如何探索心靈空間，通行無阻的。因此，你寧可馳騁於文字空間，愈是前行，也愈是步向進境。

於是，我們許下諾言：儘管雲山遠阻，我們攜筆同遊，藉日漸衰微的書簡藝術作無止境的心旅，只因心靈空間充滿蠱人的豐盈，通向無限。

賀卡

　　據說，你刻意執行一項美麗的計畫時，包圍你的一切都會前來伸出援手。

　　昨日，穿越前廊時，望見一片楓葉閃著如紅寶的光華。因為伸手可及，遂將它摘下，貼在賀卡上，做為慶祝你之存在的禮品。一如沙多布利昂筆下的赫內，我也把一個理念附著於楓葉上。它將作一次遠遊，飛向你讀書的窗口。

　　接著，在楓紅旁邊，加上一朵鵝黃非洲菫，模仿著葛蕾德夫人寫〈動物之七篇對話〉，我寄上〈植物之一篇對話〉，無句無字。

　　最後，復採得盆中盛開的雛菊一朵，淡紫的，有暗香盈袖。花圓圓、葉尖尖、莖彎彎。貼在賀卡上，附小詩數行。你將誦讀的賀卡將是一個迷你標本簿，由戀之手做成。

心中有路

　　心中有路，無數。漸行漸遠時，依然記取其圖形，聞嗅其芬芳。

　　顯然，路字很簡單，而我探索其內涵：糾蔓的枝枒，被日光穿越的葉叢；樹群在夜間的形狀，其綠色緘默，以及在夏日爆出的喧嘩。鞋底踏著的路，通向何方？

　　心中路，有起有伏；也有平坦，在沼澤地。沼澤區之路常被水和泥淹沒，不復殘留。

　　路之起點很重要。由於同樣的起點，我們重逢，在呼喚我們的地區：一棟林間屋，一條潺湲的河，一彎峭壁間的溪水，或一整片海。即使離別多年，我們仍然識別路之起點，上坡或下坡以及路彎。

　　下坡並不比上坡容易，然而表示歸程，表示有人等待，表示你曾長途跋涉，表示你來自遠方。谷底，山腳，窗內的一盞燈，那是約會。

　　使人發現一條心中路是友情的最佳標誌，和人分享一條路就是敞開心谷。心中路有許多秘密：嶙峋的岩石，清澈的

溪流，百年老樹，一條幽徑，然後是大海或是山巔。它們全都說著隱喻。

至於愛之路，它們永遠伴著你，你也終生守著它們的軌跡。路影走在你前面，或一或二，或三或四，在日光下，在雨中，在草上，在沙丘之話語間。縱然已遠走，我們仍然聞其聲。

然則，有最後一條路，不和他人分享，我獨行獨止，在晨光熹微中，在斜陽影裡，在野薑花之清芬中，在山隈水涯。即使懸岩當前，也無畏無懼。

日記一則

只要一首歌，在黃昏時，
當日光微明，
當搖曳的陰影
輕柔地移至。
縱然心靈煩倦，
縱然日子淒涼而且漫長，
那首古老的情歌，
那首甜美的古老情歌，
依然來到我心，
在黃昏時。

從前，歌聲優雅，肺活量也充沛，當哀愁來襲，我就唱一下午的歌，然後，感傷就消逝，如煙如雲。現在，肺活量衰微，使我聯想到波德萊爾這行詩：「現在」說：我是「從前」。

《惡之花》的作者終生貧病交迫，惡運延綿，時間那個念頭從而永遠糾纏著他：「時間短促，藝術漫長」。「啊！痛苦，時間啖食生命」。在（時鐘）那首詩裡，他用最濃縮、最獨特的語言寫出了最有力的詩句：他把兩個時間副詞「現

在」和「從前」擬人，且讓它們用第一人稱現身說法，提醒大家，「現在」轉瞬就變為「從前」。

從前，我用歌唱驅逐煩憂，現在，不足的中氣令我無法投入歌唱藝術。所幸，如今當煩倦入侵，我就讀你、思你、寫你。於是，文字之魔力使可憎的煩倦感昇華為一種可喜的心境，就像你所說的：「隨著敲響鍵盤的手指，我被帶往一處吸引人的仙境，我覓得一個喜悅之源，在書簡中。」

難怪法國有此一諺語：「對剪光了毛的綿羊，上帝不掀起狂風。」

錦書

　　一向，我沒有保存書信的習慣，不論對方是誰。我沒有保存家書的習慣，因為一般說來，家書不是煩瑣便是平淡無奇。也沒有保存友人書信的習慣，因為一旦說過再見之後，由於空間的阻隔，生活的忙亂，書信就自然地中斷，往往。至於綠色年代的一些美美柔柔的情愛之書，由於婚姻的不可通融性，我也只能無奈地將它付之一炬。然後，指環斷了，我先先後後有過一些美麗的夢中書。然而，當時間證明它們只是假珠寶的時候，我也就把它們撕成碎片，讓它們像紙蝴蝶一樣飛往垃圾箱中。那並非很久遠的故事。

　　之後，有一段長長的日子，我生活得很平靜，心湖如一圈古井，沒有漣漪，不起波瀾。我原不是蓄意製造夢幻的女人，像外界傳說的那樣。確然，有些人生來就是被誤解的，像 Baudelaire，像 Gerard de Nerval。也許，我是他們的孿生妹妹，這真是災禍。不過，當一個人習慣於災禍的時候，災禍也就自然地消失。是的，我必須大聲說，我已經不再有阿奇里斯的足跟。

　　自始，我不曾有過這麼一個奢望，奢望在行走於空谷中
的時刻裏，聽見一個足音向我走來。而去歲仲夏，那麼不被
預期地，蟬的羽翼猝然不休止地為我載來一封又一封的錦
書，自蒙馬特山丘。也許，我該把那些書信題名為絕響，因
為它們那麼真實無偽又那麼美麗無雙。一定是因為那些美麗
的字跡和詞藻出自一雙年輕的手而又來得遲遲，我立刻下了
一個決定，決定它們將是最後。於是，我開始積存起來，把
每一封書信編號。每逢我多加一個數字的時候，我便有守財
奴看見存款簿上的數字增加時的欣喜。那些書信像一面又一
面的鏡子，使我認識自己的面貌，不必戴上面具時的面貌。
我一向憎厭面具，而面具是必需的，當你出現在生之舞臺上
的時候。比方說，在大眾面前，你必須戴上笑羅漢的面具，
即使你正想找個沒有人的角落大哭一場。又比方說，你只該
跳斯斯文文的宮廷舞，即使你有興致來一次「靈魂」，只因
為靈魂舞的瘋狂已不再屬於你的年代。總之，你不該越軌，
不該與眾不同。而有什麼比千篇一律更能戕害藝術呢，既然
藝術就是雨果所謂的「新顫慄」，而創造新顫慄的卻是被大
眾詛咒的波德萊爾。

　　是的，它們是我的鏡子，那些錦書。那些鏡子有別於一
般的鏡子，它不僅是為了理容顏、正衣冠以及證實時間如何
在你臉上留下或淺或深的足痕，且能證實你如何能忽視眼角
上的鵝掌紋以及如何保持心靈的表皮上的平滑無疵。

　　是的，你的書信是我的鏡子，它不再是使我樂於看見自己的身影而是照徹我的心影。它能使我塑造一個真純的自我，它提供一個可能性：讓我在生之秋日依然能在自己身上使用二分法，把自我剖成兩半，使細膩典雅的小我與莊敬自強的大我均等平齊，不偏不倚。

　　該如何頌讚那鏡子呢？它們使我忘卻許多殘害過我的昨日，也使我的每個今朝充實豐盈而非暗示「現在」一經說出便成「過去」。

心靈實驗室

　　回憶中有許多實驗報告，屬於中學時代的：植物學實驗報告、動物學實驗報告、化學實驗報告。對我來說，那種冷冷的實驗報告全是學生的責任，興味索然，我原不是科學人，自始。

　　如今，我有了另一種實驗報告：心靈實驗報告。是的，讀你之後，我的心靈繁忙了起來。頭腦是實驗室，感覺是素材。就讓我把一些實驗的結果寫成報告，迷你型的。

　　那真是一種完美的心契，一年來的。而一年來，我一直有一種困擾：不知如何正名，對於你。今日此時，我猝然憬悟。就讓我如此呼喚你：受我最後祝福的人。

　　距離之於情愫，有如水之於火。它撲滅小火，卻把大火搧得更為旺盛。

　　每次讀你無瑕的錦書，我就聯想到箕茨這個詩句：一件美麗的事物就是永恆的歡樂。

　　我是幸福的，既然你願意傾聽我的心語且守口如瓶。

　　凡是屬於創作之原動力的，全是戀情。

　　讀你之後，我的藝術不再是複製過去，而是持續現今。

你的錦書不僅是藝術，它還是慰藉和力量。你之心聲佈施一種崇高的悅樂，因此，我是你的心靈債務人，永遠永遠。

自你筆端洒落的字字璣珠是我的藝術之花的種子。

對我來說，你是一種象徵：心靈財富之象徵。

我是幸福的，因為知道自己需要什麼就是幸福。

無意識地，你把幸福佈施給我，而且那分幸福與日俱增，那才是重要的。

我決定了把易經焚毀，讀你之後；因為盈虛消長那種定理不能適用於我對你的情操。

孔子說：「天何言哉！四時行焉，百物生焉，天何言哉？」你的書簡是另一種天道，既然你的修辭使我的心園裏繁花生樹，紅紫萬千。

曾經，我死去過一半，屬於小我的一半。讀你之後，那一半又在灰燼中復活，像傳說中的火鳥。

你是美好的同謀，助我扼殺一切侵蝕我心靈的追憶。

人最大的破產便是失落狂熱——追求完美之狂熱。我將永不宣告破產，由於你之存在。

『追』憶是悲觀的，令人絕望的，像是永遠哭一個死去了的人。對於你，我保持永遠的『記』憶，永遠的。

美麗地活著，那才是人生。而我已能做到，由於你。

　　戀愛中的女人是無年齡的，即使不再年輕，她仍然能給對方一種感覺：無限。

　　使我們變老的，並非年齡之增長而是執著之失落。

　　思你念你就是永恆，因為那是做一件永遠做不完的事情。

　　讀你之後，我只寫『一』種書：涵蘊著真理的心頁。

　　在我感到焦慮，懊惱，無助，甚至憤怒的日子裏，你像是一本書。我一讀再讀，且在其中覓得安慰和遺忘。

　　我討厭一切中性的東西，尤其是中性的生活，由於你，我將永遠生活，強烈地。

　　對沈思者來說，人生是一幕喜劇，對感覺者來說，人生是一齣悲劇。而你，你使我感覺卻能使我免於悲劇，而是使我的人生美麗，美得像神話。

　　王爾德說：「人間只有兩種悲劇：一種是得不到你所要的，一種是得到了你所要的。」因此，悲劇不可能屬於我，因為你『像』是沒有給我什麼，而我又『像』是獲得了什麼。因為只是『像』，所以我被摒拒於上述二種悲劇之外，無可爭議地。

　　愛的藝術：必須有戀愛的心情，不論你在人生道上的哪個站牌，只是戀愛的方式不同。

　　愛情是必需的，因為它是人間最大的力量。當你自己不再有足夠的體力和心力的時候，只有戀愛的心情才能支持著你。否則你只有結束自己，因為你已不再有用。

　　寂寞之於人，有如節食之於人體。太長久的節食是致命
的，雖然節食乃是必需。讀你之後，寂寞遂遠離我，即使我
離群索居。

　　由於你，字典中將有兩個字被我劃去：曾經。

　　也許，你只給了我幻想，然而一切美好的事物都是靠了
幻想才能作成。因此，我的西班牙城堡不會倒塌，因為你是
鞏固的基石。

　　你是最寶貴的源頭：靈感和幸福之源。

　　對你的記憶恰似我窗前那株繁開的白花：皎潔亮麗。

　　讀你之後，我的年輪會傾向於消失。我將年輕很久，然
後猝然死去。

　　你使我認識自己。我是這麼一個女人：沒有感性便一無
所成。

　　不自覺地，你給了我一份無價的禮品：最最滿足的心境。
如我活著，我會覺得人生光明美麗；如我死去，我會覺得不
虛此行，在人生道上。

檀香扇

我愛一切香香的東西：香水、香花、香囊、檀香扇；尤其愛檀香扇，我有自己的理由。

檀香木最能代表古典，代表中華。假如你走進一座廟宇，撲鼻而來的便是自香爐中氤氳昇起的檀香木之芬芳。假如你翻開古代詩詞，總會讀到如是的句字：瑞腦銷金獸，或是金爐次第添香獸。

至於檀香扇，除了幽香之外，還是一件十分細緻的藝術品。薄薄的淺棕木片，飾以雕刻的空心圖案，頗像剪紙藝術。摺疊起來，十分輕巧；舒展開來，便是兩個半月形狀：扇柄部分是個小小的半月，扇面部分則是較大的半月。淺棕已是十分古樸的顏色，配上翩翩流蘇，真個是色香「形」俱全了。

擁有第一把檀香扇的時候，是我第一次辭別祖國走向香港的時候。臨別的前夕，一位好友說：「島上的天氣熱，送妳一把檀香扇。」那是我做貴婦人的日子，常有酒會和晚宴。出門的時候，總不忘記把檀香扇放在手袋裏。每逢冷氣闕如，我就展開檀香扇。不但動搖微風發，而且懷袖溢清芬。

在香港旅居半載之後，我又走向了寺院林立，鳳凰花繁開的東方水市。那是地道的熱帶，四季都是夏天。原來那把有紀念性的檀香扇已經破舊，我為自己選購了第二把，只要是檀香扇，不論是在何處購買，全都大同小異：易碎的薄木片，細工的鏤花，歷久不散的馥郁。

向東方水市唱了惜別之後，我又走向了香水城。西歐雖說是大陸性氣候，可是巴黎幾乎沒有夏天，扇子也就派不上用場。是在我重返國門之後，才買了第三把檀香扇。

事情是這樣的：一天午後，我走在行人道上，看見一個攤販兜售形形色色的扇子。有團扇，有紙摺扇，也有檀香扇。那正是仲夏季節，艷陽灼人。自然，我挑了一把檀香扇。天氣炎熱的日子，它是電扇的代用品。冷暖適度的時候，它是不必燃點的瑞腦金獸，因為只要靠近它，便有暗香襲人，縷縷不絕。所以，我把它掛在沙發椅附近的一個書架角上。有時，我順手把它從書架上取下來，舒展成一副樸克牌的樣子，品味香醇，端詳有對稱美的花紋。

如今已是深秋季節，此山中涼意微微。而我的檀香扇不必像班婕妤的合歡扇那樣懷著一份秋扇見捐的恐懼，因為它除了實用之外，還有一份不受限制於時令的品質——不朽的芬芳。

　　我愛一切香香的東西：香水、香花、香囊、檀香扇；尤
其愛檀香扇，由於它永恆的芬芳，不像香水會蒸發，香花會
凋萎，錦囊中的香粉會消殞。假如真有香妃，她的遺骸也早
已蕩然無存。

　　我愛檀香扇，因為縱令破舊，它依然千古留香，像一件
傳之久遠的藝術品，也因為它像你我培植的情智之花，清香
不滅。

覓得一顆星

夜好靜！不，該說晨好靜，因為腕錶的指針寫著凌晨三點五十分。整個山村是沉睡的，大地也是。眾籟俱寂，只有蟋蟀不休止地唱著一首雖單調但悅耳的旋律——大自然的小夜曲。

太陽還遠離著人間，而大氣中居然沒有涼意微微。久久地，我佇立廊前，獨享此時此刻的一份絕對寧靜，一面翹首望天，尋尋覓覓，尋覓一枚星子。

法國人說每人都有一枚屬於自己的星子，在天上。法國十九世紀詩人魏爾倫還有一項迷信：在土星的標誌下誕生的人都是惡運的收集者，於是他把自己的一本詩命名為土星集，意思是悲歌。

而今宵，天空是一片灰茫，沒有一枚星子。假如有，我必然也是魏爾倫的孿生妹妹。所幸，我是一個蔑視命運的女人，是相對論的信徒——假如人間沒有瑕疵，藝術家也不會刻意去創造完美。是的，人生不可能永遠是一席華筵，就像並非每個夜間都有繁星閃爍。所以，在一首詞曲裡，我有如是的句子：「笑吧！像歌鳥的歡唱。哭吧！像海潮的盪漾。

品味一切喜悅，忍受一切苦難，而且說人生既是許多也是夢幻。」

凌晨好靜，天空是一片絕灰。而且，自今以始，我將不再翹首雲天，尋覓那枚屬於自己的星子。今後，我要學習遺忘。遺忘一切加諸我的大大小小的拂逆，因為我已覓得一枚星子，在人間。

於是，我自覺比那位女友幸運。當她找不到那顆要尋覓的星子的時候，她就痴痴的坐在水湄，看青螢繞膝飛。而我，當我想覓得那顆星的時候，我只要把你之書簡一讀再讀，遂有那枚幸運星照亮我之遲暮。

香水樓中的低語

漫言花謝早

只恨葉生遲

那一直是令我遺憾的一件事：你我不曾在同樣的歲月裏和同樣的環境裏擁有童年。於是，我就假想下列一連串不曾發生過的美好的事件，以夢幻者之姿。

我假想童年曾經把我們放逐，一同放逐到田野。也讓我一步一步地追蹤那些讀童話的日子，於夢幻中。我假想我們比鄰而居，像希臘神話中的皮拉斯和狄絲妣。當七月把陽光自樹隙間篩落在家屋的紅磚圍牆上的時候，我們曾經試圖用輕捷的手姿一同捕捉那些銅錢。我假想我們手牽手，在花園裏奔跑，在牡丹花和橄欖樹之間。我們都是愛夢的孩子，而且拒絕那個不適合我們的性情的古老世界。常常，我們去森林裏玩捉迷藏。大人們走過但我們不被覺察。假如世故的大人知道我們分享童年的大節日，他們會有什麼樣的想法？而我們不在乎，因為我們只尋覓一種意義，童年之神奇的意義，而且已經找到。為了逃避現實，我們夢一片樂土，那兒有濃

濃的長夏，草木蔥蘢。在那方夢土上，在一方碩大的磐石上，我們築構了一棟龐然的愛之城堡。而且，瞭望台上的銅鐘是用一種獨特的方式鑄成，能永不休止地鳴響。

　　書至此，我彷彿聽見了那鏗鏘的宏鐘，鏗鏘如許，致使我被拉回到現實世界裏，發現自己只是單獨地在假想，於香水樓中。所幸，我們雖然不曾在同樣的歲月裏分享童年的歡樂，而我眾多的書簡是筆底花，馥郁如香水。請把錦箋舉向鼻端，不知是否餘香猶存？

兩莖鈴蘭

　　並非五一，不是巴黎，而我依然擁有兩莖鈴蘭，來自蒙馬特山丘。它們以標本之姿，裝飾信尾，乘二十一世紀之金屬大鵬，飛達華岡，捎來溫柔祈願，說著隱喻。

　　鈴蘭係一年生草本，屬百合科，蔓生於林間空隙處，花冠細小，清芬四溢，狀似一串串的白色小鈴鐺。

　　法國有此一美麗習俗。每年五月一日，街頭巷尾，處處有人兜售鈴蘭。有情人爭相購買，貽贈知心人。

　　一定是入境隨俗吧，你也買了些，做成標本，貼於信尾，郵寄至我的山岡，因你深知，我之幸福是由一些小小事物構成，如一幀典雅的命名卡，一枚印著哲人巴斯卡的語錄的書籤，只因你的法文前名和那哲人的姓氏相同。就這樣，你在五月中旬的信尾貼上親手製作的標本兩莖，作為錦書之插畫，文圖並茂。

　　你我之兩地書簡，原就互為床頭書。為使鈴蘭免於損毀，我曾將書簡加以護貝，它將陪我夜讀，伴我入眠。

　　一如白馬非馬，標本鈴蘭非鈴蘭，它存活於時空外，風格中，不腐不朽，無極、悠久。

非洲鳳仙之慷慨

請聽我訴說，一株非洲鳳仙之慷慨。

整理前廊的袖珍花園時，發現一株特小的非洲鳳仙。遂聯想到一位文友贈送的一個大口小底的迷你花盆：白色的底，一些暗紅的抽象圖案。於是，把大盆中的特小鳳仙連根拔起，移至室內，將泥土傾入小盆中，注入少許清水，覆以莓苔，將鳳仙移植其中，「無心」地。若有企盼，也只是希望它繼續存活，不因空間之狹小而枯萎。一日復一日，我靜觀那株植物之生態變易。原有的大葉片乾枯了，但萌發了幾片迷你葉芽，十分纖麗。枝莖並不長高，但小葉繁茂苗壯。

一天早晨，俯視那株迷你鳳仙時，竟然發現兩個迷你花蕊。一枚含苞待放的已經顯露微紅，另一枚則像一顆綠白交雜的心。

之後，一夜之間，大苞已幻為比平常小一倍的非洲鳳仙，緋紅的，亭亭玉立地一枝獨秀。不知蘊藉幾多時，另一個苞也必然以同樣的風姿綽約於枝頭，為客廳帶來茜紅的盎然生意。

　　尋思復尋思，覺得非洲鳳仙是一種慷慨的花，隨遇而安，克盡厥職；在大盆中開大花，小盆中開小花，播種不驕矜的亮麗。

　　遙遠的你一定無法想像那株非洲鳳仙帶給我的驚喜，就像在一個假日收到來自你的書簡，華美溫柔。

不愛聽雨

　　我有一個習慣：歡喜用「非」母系語言表達強烈的情感，不論是愛是惡。

　　記得多年前的一個冬日，風寒雨又斜。抱著一包厚厚的洋文書，打著一把被風吹得歪歪斜斜的傘，我回到了宿舍，一面說：DAMNED PLACE（鬼地方）！

　　那時，我的近鄰是一位虔誠的天主教徒。聽見我使用那種褻瀆聖靈的字，她便說：「不要那樣嘛！」。

　　今日此時，正是那種 DAMNED WEATHER（鬼天氣）。一夜之間，寒暑表上的阿拉伯數字從 30 降到 22。加之，淅淅瀝瀝的雨打在樹葉上，打在窗玻璃上，也打在我心上。昨天還是仲夏，因為 30 度該算是仲夏吧？我穿著過氣了的迷你裙，把電扇開到最高度，而周身還是潮膩膩的。夏的雙腿真是很長，一個大步跨過去就跳掉了整個的秋，跌入了被冷雨淋得濕濕的最後一季。

　　我從未曾歡喜聽雨，未曾。有人說雨詩意，我說雨很淒涼。我不是天生的憂鬱人，更不懂為什麼別人老愛替我戴灰

色帽子。加之，從生活上說，雨帶來的潮濕令人容易著涼，而我是永恆感冒症患者。還有，雨使生活變得不方便。去上課嗎？除了手袋、書包之外，我還得拿著一把被風吹得東倒西歪的傘，因為華岡的風雨常常是如影隨形。何況我是唯美至上的女人，和風掙扎時的狼狽相，被雨淋成落湯雞的樣子都不是美麗的形象。

因此，我無法欣賞李璟筆下「留得殘荷聽雨聲」的境界。殘荷已經令人想到美人遲暮，還要加上一首單調的雨之悲歌，多麼多麼悽愴。還有那個蔣捷，少年時歡喜在歌樓上聽雨，中年時歡喜在客舟中聽雨，老年時歡喜在僧廬下聽雨，一定也是半個神經病。

在所有的天象中，我最討厭的是雨。它不像太陽那麼亮麗，那麼永遠令人歡愉。它沒有霧的迷濛，把一切掩覆成一幀印象派畫面。它沒有虹的七彩，令人因它的鮮艷而驚訝。它沒有月光的朦朧，使一切在銀輝的覆蓋下顯得像一幅夢中風景。它沒有雪的皎皚，把大地做成琉璃世界的樣子。它甚至連風都不如，因為當微風起兮，樹群就婆娑起舞，花朵也搖曳生姿。

你們去故作喜雨狀吧！讓你們以為愛聽雨就是有深度吧！讓你們認為雨中行就是羅曼蒂克吧！我永遠不模倣丹麥王子那麼說：「I am too much in the sun。」我不想中譯，因

為那是一句簡單得無人不懂的洋話，但又簡單得令人無法譯到傳神的地步。

　　所幸，儘管我不愛聽雨，但我如今也不再怕雨，因為「你」啊，你就是雨中的第二號太陽，令我不再因雨而感惆悵。

楓葉之歌

　　我有一份偏愛，對楓葉，因為它勾起聯想，因為它具有纖巧的形狀，更因為枯落之後仍然保有永恆的紅。

　　假如是在南京，入秋以後，棲霞山上那一片楓紅真像一大片棲止的晚霞。山前有古剎，寺名棲霞。也曾在那紅葉叢中把腳步小駐，是一則很久遠的故事了。

　　假如是在西歐，霜降以後，黑森林中的楓葉更是顏彩繽紛，有金黃的，有鵝黃的，有棕褐的，有赭紅的，有火紅的，像一簇簇彩色的雲。也曾在那片彩雲中遨遊，是另一則久遠的傳奇。

　　很久很久以前，御溝中那片題著詩的紅葉也一定是楓葉吧？因為只有楓葉，一如紅豆，才象徵美的永恆。

　　在寶島，入冬以後，冰霜甚少，所以楓葉也就無法「紅於二月花」。不過。我已經學會了不再苛求，仍然會俯拾幾片微紅的楓葉夾在書頁裏，放在玻璃墊下。

　　就這樣，在風蕭蕭的今日，在濕漉的山徑上，經過那株我熟識的楓樹時，我俯身拾起了一片楓葉，而且下了決心把自己做成那個宮女的樣子。不過，我不是題詩，何況也沒有

御溝，而是帶著滿懷的思念和祝福，寄一片楓葉情，送給你，
成永恆。

星上樹梢頭

　　窗外有一株油加利樹，挺拔青翠。入夜以後，樹梢有時掛著一鉤弦月，有時掛著一鏡滿月，有時掛著一枚星子，像今宵。（自然，也有時幽晦一片，星樹兩蒼茫。）

　　常常，倦讀之餘、倦寫之餘，我就拉開窗帷，推開窗戶，仰望那株油加利樹或那枚熒熒星子。我不知道每次掛在梢頭的是否同一枚星子，但它老是那麼明燦亮麗。我遂凝望久久，出神入化地，直到那幀夜景有了象徵的意義。

　　自始，我非巴拿斯派的信徒。星和樹美則美矣，它們卻無法在我的心湖中激起漣漪，除非能使我有所寄託，有所聯想。

　　我曾說過，自己有點像喬治桑，生活中的拂逆和委屈老是多於歡樂和亨通，不論在大我方面或小我方面。置身於逆境中的時刻裏，我對風景就變得冷漠無雙。

　　是另一種否極泰來嗎？讀你之後，我的心靈世界變得不可思議地美麗，星和樹也有了你的品質，吸引著我，支持著我，不可抗拒地。

閃灼的星子是你，照明我生之旅的迷濛。挺拔的綠樹是你，使我在孱弱的時刻裏向你仰望，讓蘿藤型的我有所依附，在心靈上。

淑女貓

雖然法文被公認為最美的語言,我依然覺得英國人的字彙繁複而奇妙:他們把俗不可耐的母貓說成淑女貓就是最佳例證。

朋友們知道我之貓癖,於是客廳裡有他們貽贈的、形形色色的貓群大舉入侵:一雙互相偎依的瓷貓、一幀在樓梯扶手上悠然凝望的貓畫;去年耶誕時,一張印著五貓排排立的賀卡來自法文研究所的新生,一張寫著動人的、意象化的溢美之言的貓卡來自法研二。數年前,一位善解人意的女弟子自巴黎為我捎來一本精裝書,書名「貓們」,內容是配著名家詩文的貓群肖像,文圖並茂。前任系主任一向四海,曾送我一枚貓胸針、一個貓手袋、一本貓族滄桑史,自古埃及的貓之神化至今日喜貓名家如波特萊爾、葛萊德夫人、阿波里奈兒之貓頌。外加多年前的一本貓日曆、去年來自助教的貓月曆,真的構成了貓咪博物館。

此外,我客廳的後窗向陽,五隻野貓幾乎每天趴在窗台上取暖。走過後廊時,我都用「咪奴」那個暱稱呼喚牠們,其中的一隻必然用喵喵作答。

有一系列我偏愛的法文字群，中譯後是「憂鬱、崇高、幻夢」，一個是無法中譯的 volupte。華法字典中譯了，非但無法傳神，而且意味黃色。而在法文中，那個字指的是一種清純的、貞潔的感官享受，樂而不淫。比方說，路見一隻美貓時，我不自禁地愛撫牠之天鵝絨。對我來說，貓是唯一令我聯想到 volupte 這個字的動物，由於牠優雅的姿態、柔軟的毛皮。牠的坐姿、臥姿、趴伏姿、跳躍姿、舉爪投足姿全都誘人。

我喜貓，但是沒有愛牠們愛到犧牲自我為牠們照料衛生設備的地步，於是只滿足於瓷貓、紙貓、流浪貓、客座貓；只有在旅居曼谷時，因為過著短暫的外交生活，家中庭園寬廣，僕從如雲，我才養了一隻暹羅貓，命名為「公主」。牠周身淺棕，鼻尖、耳尖、爪尖則呈深褐。牠有一雙綠眼，黑夜裡卻投射如紅寶的光芒。一如所有的貓，「公主」也很獨立，一點也不呼之即來，揮之即去。牠多面：有時，牠端莊傲岸如淑女，甚至不對主人假以顏色；有時主動地撒嬌，在我鞋上滾來滾去；有時，當我法譯中國古今詩選時，牠竟跳上書桌，俏皮地把我的稿紙撕得稀爛。由於溺愛，我並不加以處罰，只把牠迎入懷中，然後用貓食誘牠離去。自然，牠立刻掙脫我的懷抱，奔向美食。見利忘義嘛，貓之常情。

　　今日下課歸來，信箱裡有他的定期錦書：「坐在書房裡鋪著的、柔軟的地毯上，背靠著終於被壁爐烤熱的牆壁，我急於細讀妳精心撰寫的書簡，它為我建構一個文字空間，我在其中作一次人間外、煙火外的旅遊，只因妳精巧的手把日常生活中的事物提升到超凡入聖的境界。」

　　知悉他書房裡有著地毯和壁爐時，在此凜冽如西伯利亞的日子裡，真希望自己是一隻他室內的淑女貓，趴在舒適的地毯上，在宛若薔薇花束的爐火旁，一面取暖、一面望向俯首凝神地探索雨連‧格林的小說世界的主人，一面嫉妒獨佔我主人的法國小說家，一面俏皮地說：「確實，主人很博學，但是知道的不如貓多。」或是一面希望主人像愛貓的波特萊爾那麼呼喚我：「來嘛，我美麗的淑女貓，來到我深情的心上。」於是，我立刻離開溫暖的火，奔向主人，蜷伏於他襟前，一秒鐘。

心靈的長明燈

　　在鬧市的深夜裡，一盞孤寂的街燈把夜歸人照明；在夜間的曠野裡，月華和一朵朵星輝把夜行人照亮；在黑夜的海上，屹立的燈塔為船艇指引方向；在人生之夜路上，也該有一盞心靈的明燈把餘生照明，像夕陽把黃昏點亮。

　　多年來，我一直尋覓一盞心靈的明燈。彷彿，我曾覓得數盞心燈，陸陸續續，先先後後，只是，那盞盞心燈，短暫地閃耀過燿燿的光華之後，就熄滅了，不悉何故。是的，不悉何故。

　　假如是如豆的油燈，我曾注意到不使燈油枯涸。假如是電燈，我曾注意到不使鎢絲燒斷。假如是手電筒，我曾注意到更換電池。而那些心燈，不論是屬於哪一類的，全熄滅了，先先後後。

　　兩年來，我一直思索那個問題，也希望能獲得一個答案。終於，我似乎有了一項憬悟，此日此時。我原以為那是些形形色色的心「燈」，而事實上，被我誤認為心「燈」的只是一些心靈的蠟炬。縱然不曾有過強風把它吹滅，也必然有蠟油熔盡的一刻，有燭蕊成灰的一刻。蠟油枯涸之後，燭蕊燃

盡之後，我也就無法使成灰的蠟炬復燃。是的，我曾以為那些熄滅了的全是心「燈」，而事實上只是一枚一枚的心「燭」。

一再思索之後，我發現了一項真理。假如我想擁有一盞長明的心燈，「製造」心燈的人必須是我，一如保養心燈的人必須是我，添油的人必須是我。否則，被我想像為心燈的原只是無法持續的心燭，短暫的照明。

於是，當我已變成趕夜路的牧羊女的時候，我決定了要為自己製造一盞心靈的長明燈。所幸，自助者天恆助之。一年來在錦書中，你我的心交疊了。你是美好的素材，用以做成心靈之長明燈的素材。我是靈巧的手，我正把你做成心靈的長明燈，我已把你製成了心靈的長明燈，照亮我生之旅的餘程。

夕陽山外山

今天向晚，我曾被一輪夕陽迷住。

太陽一定是有點留戀地球的這一面，於是就決定了來一次依依惜別，於是就那樣停留久久，偎著山，擁吻著那一片遙遠的海，躺在地平線上，紅艷、亮麗，像一個沒有跳躍之慾叢的火球，像一朵龐大的石榴花。

你可曾見過日本畫家筆下的太陽？它總是那麼滾圓，那麼鮮紅，輪廓又那麼清晰，清晰得呆板，令你慨嘆人工不若天工。站在一幅日本畫家的太陽面前，我從來不被迷住，而今天向晚，我面對夕陽，在廊前的瑣欄上斜倚了好些時光，矚目凝神地。

王之渙怎麼了？竟然說「白」日依山盡！假如只是為了節奏而把平聲的「紅」字換個入聲的「白」字，那真太不應該，太不屬寫實派了。

倒是唐代的李商隱和二十世紀法國的艾克徐貝利不謀而合，他們全在患憂鬱症的時刻裏去看一次夕陽。所以前者在「登樂遊園」裏說：

> 向晚意不適，驅車登古原；
> 夕陽無限好，只是近黃昏。

後者在「小王子」裏說「「當憂鬱襲來，我就去看一次夕陽。」
將後者比前者，李商隱似乎顯得不夠泰然。夕陽無限好還不
夠嗎？居然還患得患失地怕黃昏漸近。其實，只要夕陽曾是
無限好，繼之而來的夜也不會黑得令人害怕。縱使並非有月
亮的夜間，繼紅日而來的夜也一定是晴空萬里，星光無數。
那種微明的、微藍的、浩瀚的夜豈非也很詩意？

有人說我們的腳永遠不浸浴在同樣的水裏。是的，因為
前浪被後浪推走了，因為逝者如斯，不捨晝夜。元曲中說：
「花有重開時」，那就並非不可駁倒的真理了。有時，花樹
只燦然一個季節，然後，就無果也無花。即使花有重開時，
今年的花並非去年的花。雖然外表看來仍是一樣的玫瑰，一
樣的繡球，一樣的九重葛，一樣的梔子花。只有那個夕陽，
活像一樹鳳凰花的夕陽，永遠週而復始地出現。總是那同一
個，總是明豔得令人目眩。而聖經和科學家們預言世界有末
日，星球會爆炸。也許我們將面對一次令人震悸的景象：眾
星球爆裂，山燃燒，海沸騰，冰川溶化，堅固的地殼因焦灼
而呈龜裂狀。那時，一切都將是最後，人類、獸群、花木、
山川，甚至那紅紅圓圓的夕陽。

　　真會有那麼一天嗎？問題太大了，我太渺小，無以答。然而，我們不必因渺茫的未來而把真實的現在弄糟，且必須同時保有一份清明恬靜準備向任何莫測的情況挑戰，像一個干城的赳赳武夫。陶醉於那一輪夕陽吧！放射出火紅的光華，即使生之黃昏即將來臨。為別人釀造一個夕陽吧，用自己的熱和光和血。

　　於是，我也聯想及你，面對著那一輪依山而盡的紅日。夕陽啊夕陽，你在哪個時刻運行到蒙馬特山丘上？在那兒，有一個人，為我的黃昏製造一個永恆的夕陽。

永恆的樹

啊！不役於己，
不再有任何事物在記憶中。
願我心赤裸，
如一株十二月的樹。
休息，像一株樹那樣休息，
在葉落之後，
不再守候夜間的雨，
不復期待黎明的紅；
只是寧靜，啊！那麼寧靜，
當風來風去，
不再畏懼嚴霜、
或雪的晶瑩負荷；
也不在乎，毫不在乎，
假如有人經過而且看見
天空的白頁上
有它淡淡的黑色圖型。

　　這是孟夏的早晨，陽光好茂密。樹群蔥綠而多葉，一陣風起便呢喃有聲。唯你深知，我永遠不會有那首詩的作者的明哲。她有一個祈願，願自己的心變成一株十二月的樹，木葉盡脫。風來，它靜寂無聲。它也無視於天象之變幻，不再守候使綠葉添新的夜雨，不復企盼晨光為它的禿枝披上鏤金的衣。它不再畏懼明亮的雪或是凜冽的霜，它甚至不在乎別人注意它黧黑的骷髏在天空裏畫出一個淡淡的輪廓，它願忘卻自己的綠葉曾經承載歌鳥，承載鳴蟬，曾經在艷陽窒人的長夏裏為怠倦的旅人祛除炎威。

　　而且，我又一度不被預期地發現你是旅人，且必然走向我。而我，要儘量使自己做一棵永遠蓊鬱的樹，在大限之內；讓我濃濃的綠蔭在夏日為你帶來清涼，讓我扶疏的枝葉伸出綠臂將你迎入懷中。你需要音樂嗎？我的琴是鳥歌。你口渴嗎？我的葡萄醇酒是葉上的露珠。我將是一株永遠專屬於你的樹，而今而後。有一天，當那株樹鮮活不再，你仍將在赤裸的枝枒上聽見風聲、雨聲、鳥聲、蟬聲。

除夕詩箋

又一度，三百六十五個日子流逝了，以不被覺察的霧步。是該用新日曆的時候了，又一度。

一般說來，用新東西老是帶來愉快的心情，像新衣，新鞋、新皮包、新梳粧台、新音響設備、新吉他。然則，用新日曆卻帶來一份濃濃的惘然，尤其是當你不再年輕的時候。不過，中年人也許是為了維持一份尊嚴，只得向辛棄疾看齊，說什麼「天涼好個秋」。那樣，既顯得比較「健康」，也避免了「信言不美」。而我，一向實話實說，「有」病的時候，我不作生龍活虎狀。倒是有許多小讀者歡喜「無」病呻吟，在給我的信裏會出現如是的句子：「我也不算太老，才十七歲，可是心啊，像是活了一個世紀！」在那種情況下，我不會被感動得愴然淚下，因為我覺得那是炫耀青春的另一種方式，很膚淺的：因為她們自覺身份證上年齡欄裏的數字並不會從而增加，當她們故作蒼老狀的時候。其實，誰都年輕過，誰也無法使青春永駐，至少在形體上。所以啊，青春沒有什麼值得炫耀的，因為全都短暫。

　　步入中年以後，人的年齡就沒有絕對的數字可以代表
了。有時，因為病神（不知道有沒有病神）糾纏著你，你會
覺得生命好長，似乎已經活到了「人瑞」的階段。還有拂逆，
更是令人覺得蒼老的原因，就像美麗的偶然會令人覺得年輕
一樣。所以啊，中年人沒有固定的年齡，至少我如此認為。

　　比方說，今日此夜是該換日曆的時候。在鬧市中的舞池
歌榭裏，酒綠燈紅。在有福之人的家庭裏，是闔家歡之夜。
而我，我婉謝了一張鬧市中的請帖，又婉謝了一張此山中的
請帖，把自己囚在一室之內，別尋幽趣，為你寫一封除夕詩
箋，帶著既愉快也年輕的心情。就讓我擁著你的形象如此開
始，在淡淡的燈光下：

　　是你：

　　使我沒有斯人獨憔悴的感覺，在別院笑聲濃的時候，使
我肯定這個事實：只要有一個形象伴隨著我，心靈的城堡就
是金城湯池，儘管有人說寂寞是啃食心靈的蛀蟲，使我覺得
人群並非伴侶，人面只是畫像，沒有默契的話語只是喧嘩，
只有你才能給我一種永不寂寞的心境，使我能在孤獨中創造
一種奇異的美，在無助的時刻裏擁有慰藉，具有力量。

　　使我的藝術不再複製回憶而是延續現今，使我覺得藝術
比現實更為完美，更為絕對，因為現實無法超越時間，空間，
障礙以及偶然，使我享有最崇高的悅樂，那種悅樂不是物質

上的滿足，也不是絕對的榮譽，使我覺得人生多麼美麗，且
讓我把那種美感經驗與人共享，使我依然具有這種能力：
用最優雅最繁複的形式表達最崇高的思維和最清純的情
愫，使我覺得自己的心靈世界不可言詮地美麗，自己的靈感
之源不可思議地豐富，自己的風格不可言傳地奇特，自己的
藝術世界空前地寬廣，自己的心樹是另一種神木，亙古長春，
使我覺得自己真的富有，因為我已覓得我的追尋：一個無瑕
的名字。

　　最重要的，是你將使我免於蒼老，直到屬於我的最後一
個日子。

第三輯

沉思時刻

香精篇之一

序幕

凝視著那些浸浴在一盃清水裏的多彩的貝殼，我自己說：「假如我屬於物種，我要選擇做一枚亮麗的貝殼，因為它玲瓏剔透，因為它深邃曲折，從而能引起神秘的聯想，因為它日夜在大海裏聽潮聲。更因為它擁有一棟隨身攜帶的屋子。」

記得在色納河上的時候，常常害怕租約期滿，那不僅因為一句諺語說三次遷居如同一次失火，而且我們的錢包永遠只允許我們遷入一棟物美價廉的屋子。但美而廉的屋子是稀有的，不論在哪個國家。

如今，我住的是一棟小樓。雖不富麗堂皇，畢竟窗明几淨；然而那不是屬於我的，令我常常有居安思危的感覺。就是在懷著害怕租約滿期或學校解聘的心情下，我開始把對我來說是數目可觀的新臺幣，擲向欣欣公司的香精櫥窗裏，因為那兒有一張廣告吸引著我，開幕週年大贈送──特獎：洋

房；地段：羅斯福路。誰知道呢，也許否極泰來，居然中他一幢洋房哪！果爾，既能滿足我唯美的嗜癖，又能達成居者有其屋的願望。於是，我的粧臺上開始擁擠著小小的迷你瓶，來自法國，來自美國，來自夏威夷。瓶子上，更吸引人的是一些別緻的名字。

此刻，晨霞未泮，山鳥齊鳴，在淡淡的朝陽裏，就讓我細數粧臺上的典雅。

月風

那個美國香精商人很像狹義的現代詩人，居然創造了一個連英國人也不懂的英文字：moonwind。既然前一半是月，後一半是風，我就把它直譯為月風：因為那既然是一個不存在於大英百科全書中的新字，我們的詮譯也就可以任幻想橫躍而賦予它無限性了。

首先，它使我聯想到李後主的花月正春風。且設想一個完美無雙的夜，有花香、有微風、有月亮，而且是在春天。一陣風起，便有花香撲鼻而來。那種境界是美好的，就像你面對著一位佳麗，她圓圓的面容像是滿月，而且自她的鬢邊髮際，正飄來一陣幽香淡淡。

　　然後，我又想起送香氣的荷風，送秋雁的長風，習習的谷風。然而，不論是荷風或松風都是屬於人間的。因此，那位有文學意境的香水廠主是有理的，管他的出品叫月風——人間外的。

被選舉的

　　記得在一篇散文裏，我曾如此寫過：「樓這個富於詩情畫意的字，是中國文學的專利品，尤其是用於詩的。同是『樓』字，在英文、法文或德文中，便只是建築學上的名詞，平凡庸俗，只意味著平房或樓下的反面，不引起任何聯想，不蘊涵任何情思。」同樣地，有些字在法文裏是非常詩意的，在中文裏卻顯得現實或平凡，像「被選舉的」。首先，這四個中文字在法文裏只是一個單一的過去分詞，意思是「被選擇的」，因為被選擇的是日用語，從而代之以被選舉的。

　　其次，在中文裏，選舉只令人聯想到政界的各種活動，就像樓宇在外文裏只令人聯想到平房的反面。也許這就是為什麼有人說翻譯是不可能的，既然每一種文字的精華只能意會不可言傳。

　　艾文廠主把它的香精命名為「被選舉的」。於我，你將永遠是被選舉的，在我心深處。

給野玫瑰

在過去了的幾個日子裏，溽暑肆虐，蟬聲也喧囂，於是寫作不能，外出不能，甚至靜靜地閱讀也不能。於是我只能用自己的歌聲填滿長長的焦灼的日子，或是讓費雪‧狄斯考的嗓子在唱盤上旋轉。若此，那瓶名叫「給野玫瑰」的香精，很自然地令我聯想起舒伯特的一首歌：野玫瑰。

在那首歌裏，德文原文歌詞境界高雅而富於象徵性，但是被中文譯者改得面目全非。在此，我把它重譯一次以保存原有的形態：

> 一個小男孩看見一朵小玫瑰亭立在鄉野。
> 他很年輕，美得像清晨。
> 為了就近審視那朵玫瑰。
> 他奔向它，以歡騰無限。
> 小玫瑰，小玫瑰，小紅玫瑰，鄉野的小玫瑰。
> 男孩說：我攀折你，鄉野的玫瑰。
> 小玫瑰說：我不容忍攀折，
> 我將刺戟你，
> 為了使你永遠想及我。
> 小玫瑰，小玫瑰，小紅玫瑰，鄉野的小紅玫瑰。
> 那野孩子攀折了鄉野的玫瑰。

那野玫瑰刺戟了那男孩，

為了保護自身。

哎！叫痛也徒然，他必須忍受。

小玫瑰，小玫瑰，小紅玫瑰，鄉野的小紅玫瑰。

魔力

　　一般人都有一種誤解：認為翻譯是容易的工作，因為不必費自己的思想，只是用另一種語言去表達原作者的創造。於是有些懂三句半英文或兩句半法文的人，就憑自己的一知半解和想像，以翻譯家的姿態出現在文壇上。假如不是中英對照的話，還可以順利地欺騙讀者。不幸的是：有許多是中英對照的，像印刷精美的「但願人長久」。假如沒有中譯倒可以說圖文並茂，一經對照閱讀就叫人啼笑皆非，因為其中幾乎每一首詩都錯誤，而且錯得離譜。假如我是那個藝術出版社的社長，我寧可多付一點稿費邀請名家翻譯，以求盡美盡善。

　　確然，有些字是不可譯的。不過，假如我們費盡了心機，花盡了時間，找盡了字典去尋求一個差距不遠的同義字，也就算盡了翻譯者的責任。我不知道 Charisma 這個字譯成「魔力」是否貼切，但是我再也想不出一個比魔力更精確又同樣

簡短的同義字。一本厚厚的英文字典說 Charisma 是天賦予人的一種力，那種力小則能吸引同類，大則能創造歷史，完成奇蹟。然而翻譯不是冗長的詮釋，舉眾多的例子，而是要在另一種文字中找一個同義語。於是我選擇了「魔力」。我再舉個例子吧！假如真是為了中特獎才去欣欣公司，那並不是一定要把錢擲在香精櫥窗裏，因為我也會把錢擲在服裝部或日用品部。而我總是奔向香精櫥窗，那是因為那些小巧典雅的瓶子，對我來說，具有無限的魔力。

於是我想起了一個人。他並非創造歷史或完成奇蹟的英雄但是在他的人格裏，有一點什麼極端吸引我的東西，那就是魔力。

Here is my heart

該怎麼翻這個簡單句呢？從文法上看來，它像是簡單。假如你要把它譯得信達雅可真難啦！有一天，一個愛說英語的小女孩在信箋上畫了一顆心，然後寫著："Here is my heart. I give it to you." 在這種情況下，這句子該被譯：「這是我的心，送給妳」。

記得陸游寫過一首詞，其中有幾句是這樣的：「此生誰料，心在天山，身在滄洲」。也記得有一個人向我說過：「留

妳這個人在這兒也是徒然，因為妳的心不在此地」。在上面
兩種情況下，Here 就該譯為在此。於是，我的問題就變得嚴
重了。我既不能向你說：「這是我的心，送給你」，而又沒
有一個地方值得我那麼嚮往從而我能肯定地說：「我心在
此」。

不可遺忘的

　　記得在大學的時候，同學說我的名字像茶壺，那一定是
因為他聯想到品嚐清茗，從而覺得把茶壺的名字放在人身上
是不貼切的。若此，「不可遺忘的」該是香精最貼切的名字，
因為香精是女人的專用品，而女人又有一種通病：希望別人
永遠記得她們，希望自己像月亮，永遠被眾星圍拱。於是有
些佳麗和貴婦人，永遠認定一個香精牌子，使人一聞見那種
香味，就想起它的使用者。記得在 Point Counter-Point 那本
小說裏，那個妻子對不忠的丈夫說：你敢騙我沒有和她幽會，
你身上還充滿那女人的香精氣息。

　　可惜的是名叫「不可遺忘的」香精，並沒有出眾的香味，
因此它很可能被遺忘，一如某些我原以為是不可遺忘的人，
在經過事實的考驗之後，並不值得我保持一點鮮明記憶。

石榴裙

雖然吉普林說過：「西是西，東是東，二者永遠不相逢。」但在文學國度裏，有些東方作家和西方作家在技巧上是不謀而合的。中國有一句語法：拜倒石榴裙下，法國也有類似的語法，不過裙子的顏色並非石榴紅。而且也非拜倒，只是奔向。

若此，石榴裙確然是香精的好名字，因為香精是女孩子們的專用品，而且使用香精的女孩，一定更能吸引眾多的愛慕者，奔向她的石榴裙幅。

Elusive

有一種美國香水，它的名字是 Elusive，這真是一個難於翻譯的名字，因為那個字本身就因情況的不同而意義迥異。假如是話語，它可譯為遁辭，假如是人，便可譯為閃避的、逃逸的。假如是意念，便可譯為不明確的。假如是字，便可譯為難懂而又難於記憶的。一般說來，這個字可譯為不容捕捉的、難於捉摸的、飄忽無著的、曖昧不明的。

因為這個字是被用來形容香精，我竟不知道如何翻譯才好。假如它是被用來形容人，那麼這個字從前該用在你身上，如今該用在我身上，不論從任何觀點去看。若此，我

就這樣替這一段文章打了一個圓場，不也是很 Elusive 嗎？
你說。

天堂鳥

　　多年來，山鳥一直是我的鬧鐘，是我的起床號。不論是
哪一季，牠們總是那麼準時地把我叫醒，凌晨五時。幸而，
我不是貪睡的人，於是不會打起窗前鳥，莫叫枝上啼。何況
我也很少夢見誰，即使是那個夭折了的鄰家子。是的，他曾
向我說過：「假如我的生命比妳的更短暫，我的鬼魂也會來
擾亂妳的安寧。」然後，他果然夭折了，可是許多年來，魂
魄不曾來入夢。一定是人死了以後就化為元素；根本沒有靈
魂那東西，或是他改變了意思，覺得自己去得太早，沒有要
我永遠守住他的記憶的權利。

　　是的，許多年來，每天凌晨五時，山鳥們是我的鬧鐘，
牠們首先把嗓子揚得高高的，嚶嚶而鳴；然後就展開翅翼，
從高樹巔上飛向牠們嚮往的地方。鳥是值得羨慕的，因為牠
們有翅翼和任意飛翔的自由。人間鳥已是值得羨慕，何況天
堂島。

　　曾有一千多個日子，我把自己做成一個終日鳴唱的歌
鳥。也有一段日子，我把自己做成一隻夜鳥，顛倒晨昏。事

實上,在那段日子裏,我豈止是歌鳥或夜鳥。那種美好無雙的心境,也許是天堂鳥的屬性啦!

如今,歌聲已斷,天堂已幻滅,何況發現翅翼也已被剪去,於是便只能作籠中鳥了。常常,我睜著發愣的眼睛,凝視著香精瓶上的三個字:天堂鳥,雖然也偶而為你唱出一首無聲的曲調。

尾聲

凝視著那一大堆香精瓶上的名牌,我作成了一項修辭學上的發明。假如我們把香精廠主比擬作家的話,我們可以發現各種不同的風格。有的廠主根本不費思索去為自己的出品命名,只用自己的姓,如趙氏香精,錢氏香精。這是屬於無風格的一類。既然無風格也就當不起作家的頭銜。有的雖然命名,但是名字取得十分通俗,像夫人,女友,情人,這是屬於暢銷書的一類,一覽無餘。有的確曾費過一番推敲,於是名字就相當有吸引力;有具體的,如「夢」、「巴黎的夕暮」、「關上了的門」、明朗而不膚淺;有抽象的,如「令人震悸的」、「不可預測的」、「被選舉的」,有深度而不晦澀。另一種是故弄玄虛的,他們用日文、阿拉伯文、非洲文為香精命名,莫測高深。你必須具備各國的字典,才能覓

得那些名字的意義。這是屬於標新立異的一種，很狹義的「現代」。假如你是作家，你歡喜被歸於哪種類型？

香精篇之二

前奏

一年了，我不再和那位女畫家比鄰而居，她遷入了一棟華屋，我遷入了一棟高樓。其實，當我們為鄰的時候，由於各自為生活忙碌也並不常相過從，一定是因為她具有專屬於藝術家的好奇心，她歡喜觀察我，然後對我的性格作一些正確的或謬誤的詮釋。那時，我正收集迷你酒。望著那一大堆玲瓏多彩的小酒瓶，她肯定的說：「妳是一個很專一很執迷的人」。是的，她揣測得沒有錯。當我蒐集某種東西的時候，我會走遍所有的委託行，設法尋覓。我會寫信給在各國留學的學生代為選購。當我歡喜某種款式的服裝的時候，我會成打地買，一個款式但是顏彩不同。當她看見那些款式同一但色澤迥異的洋裝的時候，當她看見我有在夏天戴手套的習慣的時候，她又會說：「妳很藝術，很貴婦人。當我是小孩子的時候，父母總是說："Don't be Vain！"」她是華僑，有在中文裏插入英文的習慣。在這方面我絕對不能同意她的看

法。藝術並不等同虛榮。藝術是發掘各種的美並固執地尋求之，以自己的血汗換來的財力。而虛榮則是愛享受、愛金錢而且是不必辛勞地坐享其成。換句話說，藝術是小我對美之嚮往的滿足，但其中包藏著大我付出的代價。譬如說，我每個月買一張昂貴的原版唱片。當費雪、狄斯考把嗓子在唱盤上揚得高高的時候，他只給我帶來一份悅樂而非羞慚，因為錢原是我自己從厚厚的粉筆灰堆裏掘來的。若此，我每個月買一張蕭邦、柴可夫斯基或杜步西，我也每個月買一瓶名牌的或其他的迷你香精。如今，我粧臺上正擁擠著大小不同、形狀各異、名牌繁複的迷你香精。若此，我的香精漸漸地多了，我的香精組曲也可以永遠地寫下去，那也是一種無限。

無限

　　格阿洪真是一位脫俗的商人，居然把自己的香精命名為無限。無限！多麼古典又多麼現代的名字，多麼東方又多麼西方的名字，多麼富於詩情又富於哲理的名字！他使人聯想到李商隱的悽惋：夕陽無限好，只是近黃昏；也使人聯想到李後主的悲壯：獨自莫憑欄，無限江山，別時容易見時難；又使人聯想到楊慎的嘲諷：無限江南新樂府，君王獨賞後庭花；更使人聯想到那本令人震悸的小說：零與無限。最後，

它也令人聯想到李白的浪漫情調：解識春風無限恨，沉香亭北倚欄杆。

於是，我也聯想到一個問題：該怎麼給我對你的那份情愫下個定義呢？無限，再無限，恆無限。

粉紅色的巫術

假如只是純然的巫術，那會使人想起格林童話中的試圖吞食韓斯兄妹的穿黑衣裳的老妖婦；也使人聯想到那個皇后，她終日在魔鏡裡凝視自己的丰姿，然後問：「誰是這王國裏最美的女人？」當魔鏡回答說：「皇后，妳是今天最美的女人，但是妳丈夫的前妻的女兒將變得比妳更為俏麗」的時候，我們便有了貝荷筆下的童話——白雪公主。

而格阿洪是聰明的，他在巫術的前面冠以粉紅色的。於是在你望中升起的是一位貴婦人，冠戴齊備，瓔珞矜嚴，耳邊發散著如玫瑰如茉莉的芳香。而且她還可能是王爾德在「少奶奶的扇子」一劇中所描寫的那樣一個女人：白天是才女，夕暮是佳麗。

書至此，我想起了那個多才多藝的小小畫家，但願在未來的歲月裏，他能覓得一位完美的心靈伴侶，一個不但具有文化裝備而且也具有紅粉魔術的。

和絃音階

記得法國名詩人波特萊爾如此寫過：「大自然是一座廟堂，它的活柱有時說出紛亂的話語⋯⋯如在遠方混淆的長長的回聲，芬芳、顏彩和音響互相唱和。」

若此，有一種法國名牌香精叫做和絃音階。那是一種現代的有跳躍性的象徵，不像以珍珠比露水那麼一覽無餘。那是聲音的交感，像中國古詩人說的紅杏枝頭春意鬧。

美麗的夕暮

照我很主觀的看法，用壯麗、蓬勃、奇偉等形容詞描畫朝陽更為貼切，美麗是夕暮獨有的。

假如是晴朗的夕暮，夜就是藍藍的，月光是柔柔的。繁星像閃爍的鑽粒被舖陳在天空的絲絨之上。因此，在中國，古人秉燭夜遊；在今天，我們有月光晚會。在西方，信徒慶耶誕前夕，雖然耶穌誕生是在翌日。

是的，夕暮很美麗，在晴朗的夕暮，月亮輕柔地從雲梯上滑下來，把它的銀光洒遍整個人間。於是月明花暗，是人約黃昏後的好時光。

假如是風雨交響的夕暮，也是別有一番風味。那時，且把門窗關得嚴嚴的，諦聽一章大自然的暴風雨交響曲。那種懾人的音響豈不是具有貝多芬的力？

假如是梧桐更兼細雨，到黃昏點點滴滴，則是另一種韻味，一種淒清無比的韻味。

是的，夕暮很美，不論從那個觀點去看。若此，有舞會，有晚會，有夜宴，有戀人的幽會，在夕暮。假如妳是今天夕暮的約會的女主角，請在衣襟上噴上一些「美麗的夕暮」，那是最貼切的。

第五聲道

我並不是行家，關於音響。目前的電唱機有二聲道和四聲道。至於是否有五聲道，我就不得而知了。然而有一種法國香精，它的名字是第五聲道。但願電唱機永遠止於四聲道，否則第五聲便不算人間外了。

詩人創作的時候有第五季，一般言談中有第六感。曾有讀者問我什麼是第五季，我認為回答該是如此：人間只有四季：春夏秋冬，因此第五季便暗示人間外了，一如在感官方面只有五感，第六感便是人間外了。若此，第五聲道的廠主是聰明人，他暗示自己製造的香精有人間外的品質。

關於你，我該說什麼呢？自始，我有那種第六感：你將為我帶來一個第五季。至於我為你譜的詠嘆調，也許你無從知悉，因為它的旋律只可能來自第五聲道。

希望

真的，我無能詮釋那個名詞，就只好借助於字典了。拉胡斯說：希望——對於所企盼的東西之期待。我想這該是正確的定義，既然它來自經傳。

關於希望，我們該說什麼呢？中國一位前輩女作家說：「不希望者永遠不失望」，那像是叫人參透鏡花水月的佛家警語，不合一般紅塵中的人。拉瑪丁在題名為「山谷」的一首作品中說：「我的心靈已厭倦於一切，甚至希望」。那是心死的同義語，哀而傷的。西方有一句諺語說：「希望是一個偉大的安慰者」。卡繆說：「假如沒有希望，生存便變為不可能」。

我想，大多數人都是卡繆的信徒，每天早上大家等待郵差的那份心情便是不可駁倒的證明。

奉獻

　　一般說來，許多人把奉獻視為犧牲的同義字。據我很主觀的看法，奉獻是一種單純的賦予，不期待任何答謝、任何報酬。至於犧牲那個名詞，它或多或少地包藏著抱怨，換句話說，犧牲是非自願的奉獻，有所希冀的奉獻，那不是功成身退。那是「功成而勿居」的反面。

　　在感情方面，有人把我視為傻人俱樂部的會員，因為我經常選擇奉獻。

禁忌

　　讓我如何解釋這個香精名牌呢？我想引用一首自己寫的歌詞。

　　有一天，一個青年作曲家譜了一首曲子，曾經要我為他寫一首歌詞對照入譜，於是我寫了，在下面：

　　　　　五月山花明艷
　　　　　而我憂心如焚
　　　　　問我為何悲戚
　　　　　說是鄉愁
　　　　　說是傷春
　　　　　只不說出你的名

請只愛我

　　因為那只是香精，所以它可以說：「請只愛我」。假如那四個字是自戀者的唇邊落下，那會是多麼笨拙而又專橫的命令語。誰也沒有權利向對方說：「請只愛我」，因為愛是自然的流露，是無法勉強的。而且即使對方口頭答應了，你也無法證明口是「心是」。也許有人會說婚姻便是愛之永恆之證實，但是誰也不能否認其中帶著或多或少的約束，傳統的、道義的、法律的、責任的。所以啊，當你發現愛情開始變成對方的心靈的負擔的時候，千萬別使用那笨拙的命令語：「請只愛我。」

永遠是我

　　「永遠是我」那四個字有雙重的意義。一種是非常自我中心的，即希望自我永遠是別人關懷或愛戀的對象。那是很自私的，而且只能帶來相反的效果。

　　另一種意義則是全然的忠貞，以不變應萬變的忠貞。不過，假如那種忠貞只是單邊的話，還是讓它隱藏在心靈深處，以免它變成對方的不可承載的心靈負荷。

金帶銀帶

有一種法國香水叫金帶,也有另一種叫銀帶,因為是金銀帶,我就聯想到中國古典舞中的彎彎的彩帶;因為是彎彎的彩帶,我就聯想到七彩的虹橋。

依然有一座虹橋,在我心深處,但是我的虹橋,有別於新雨後的天空裏的虹橋,它美麗而悠久。是的,依然有一座虹橋,在我心深處。我的思維恆常起舞,於心靈深處之虹橋,奔向你,誰也無由知悉的那人。

女人

荷莎夫人廠有一種名牌香精,它的名字是女人。是的,把香精命名為女人是最貼切的,因為香精只是適合女人的東西。記得有一位友邦將軍不久以前曾來華訪問,由我擔任傳譯。當我在他身旁坐下時,迎面而來的竟是一陣香精味,濃濃的。雖然那種沁息非常悅鼻,但是我本能地覺得那位將軍未免太脂粉氣。

現在,且撇下香精,談談真正的女人。關於女人,我該說什麼呢?我並不願因自己是女人而偏袒女人,也不願以男人的口吻侮蔑女人,也不願以一些成語描畫女人,因為成語

都是在特殊情況下形成的。譬如說，一個失過戀的男人談到女人的時候便說楊花水性。反之，失過戀的女人則說癡心女子負心郎。因此，在西方文學作品中，我既不偏袒「瑪儂雷絲戈」，也不衛護「一個陌生女子的來信」。因為二者都包藏或多或少的真實性。

依然記得許多年前，我和妮娜曾偷得人生十日間，去到檳榔嶼的孤松酒店度過一個悠閒的假期，白天面海深談，夜間聽潮默想。離開那個美麗的島城的時候，我們是坐一條白色郵船。當我們正在填寫各種離境表格時，船上的一個英國海員突然把嗓子揚得高高地唱：「Woman is fickle, Light as a feather」。我朝著聲音所自來的方向望去，他正帶著滿臉自覺的俊俏望著我們，一面繼續唱著他的「女人多善變，輕浮如鴻毛。」自然，他只是故意和我們開個玩笑，而且自知他的姣好會容易地贏得我們的寬恕。

我也不願以婦女運動者的姿態提倡男女平權。事實上，男女永遠無法平權，因為在品質上、生理上、情感上就存著先天的不平等。我倒是要肯定地說男女應該互愛互敬，相輔相成。男女各具有不同的天賦，配合起來原該是相得益彰的。

在我的心目中，女人該是女性的，也就是說她該是純潔、美麗、乖巧、溫柔的象徵。假如她是主婦，她該是賢妻良母；假如她是作家，她該擅長抒情詩文，假如她是音樂家，她該

善於寫小夜曲，假如她是農藝家，她該專攻庭園設計。假如她是商人，她該是賣花女或美容師。說一句不祥的話語：假如她要結束自己的生命，她也該被窒息在一大簇鮮花裏，千萬不可上吊。

這就是人生

豈不是太哲學性了，居然把香精命名為這就是人生！古今中外都曾有過無數的哲學家探討人生、詮釋人生，而至今似乎依然沒有一個置之四海而皆準的答案。

那個去到了色納河畔的小小女高音曾經說過我是溫情主義者，也就是說反哲學的。其實，我只是永遠屬於被誤解及曲解的種族，大家都似乎只看見了我的一面。事實上，我也有自己的人生哲學，那就是說在小我與大我之間畫一條分明的界線。在小我方面，只憑一點感受去生活，全然奉獻，無所希冀。在大我方面，永遠屹立在崗位上，使自己對社會國家有點用處。

尾聲

在我的粧臺上有的是大瓶的香精，有的是迷你號的樣品。一般說來，名牌香精不製造樣品。相反地，非名牌香精才肯費高價成本去製造那種小巧玲瓏的瓶子。

在法國，樣品香精是非賣品，是贈送給顧客做宣傳用的。瓶子愈小手工也愈昂貴，再加上免費內容，樣品是蝕本生意。因此，對自己的身價毫不懷疑的名牌香精就不願製造樣品，只有二三流的香精才自我吹噓，不計成本地。在這一件事實裏，我讀出了一句諺語：半瓶醋搖得響；也讀出了一句古語：不患人之不己知。

是的，一個人只要能肯定自己的身價，廣告就是多餘的。

解剖學

腦與舌

儘管在法文裏，舌頭和語言是同一個字；儘管在英文裏，他們把母「語」說成母「舌」；儘管人的舌頭被割掉的話，他就失落語言；而嚴格地說，舌頭並不等於語言，因為啞巴依然能用手姿和書寫代替話語，祇是比較麻煩罷了。

腦才是思想和語言的居所，而一般人的腦子都是曲曲折折的，像迷樓。因此，一般人說話都是拐彎抹角的，為了設防，或是為了把自己做成謎語。甚焉者，為了利己損人。

至於我的腦子，它是可以變形的。為人處世時，它像學校裏的標準教室，排成直線形的；在思考、感覺以及修辭的時候，它就曲折有致了，像核桃仁。

耳朵

詩經裏說：「手如柔荑，齒如瓠犀」。把明眸比做秋水，把眉毛比做柳葉，也是古詩人塑造的意象。還有芙蓉如面，

鬚髮如雲。這麼一來，祇有耳朵在美學上似乎沒有地位。雖然法國詩人說他女友的耳朵有貝殼的韻致，但是並沒有太大的說服力，否則為什麼有露「背」裝，露「肩」裝，有露「美腿」的迷你裙，而少女的耳朵常常被長長的髮茨覆蓋？

因此，耳朵是實用性的，用來帶耳環，用來包藏音感。我耳甚聰，且從而為自己慶幸，由於兩個原因：首先，在外文系的學生「居然」被規定為「七十人」的日子裏，若有耳而不聰的話，如何識別學生的發音是否字正腔圓？次之，我的耳朵是高級錄音帶，永遠記載著你無可比擬的歌聲，不因歲月之流逝而耗損或是蒙塵。

體態

數年前，今東海大學中文系主任還在文大教書。有一天，我們在教授專車裏不期而遇。望了我一眼，他說：「妳還是這麼小巧。」

之後，我對小巧二字一再思索，也發現了它本質上的多重意義。從美學上說，中年人能維持小巧就顯得年輕；從生理學上說，中年而不發福一定是「新陳代謝有問題」（助教的詼諧語）；從文學上說，小巧的人多半祇善於寫小巧的文。比方說，體力旺盛的雨果，八十歲時依然是十項全能的作家，而未老先衰的波特萊爾，連寫詩都多半是十四行。

古人說，天生我材必有用。善於寫龐大的就寫龐大，善於寫小巧的就寫小巧，這就是我的藝術觀。

神經系統

數年前，一位親戚患了嚴重的眼疾，幾乎雙目失明。所幸，她痊癒了。問她是什麼病，她說視神經炎。因此，我知道有視神經，因為眼睛是身體的一部份。

每逢蛀牙疼的時候，我的牙醫說：「殺神經，再補牙。」於是我知道有齒神經，因為牙齒也是人體的一部份。

我有一位好友，她老說「自律神經失調」，因為常常容易受驚。因為我也常常容易受驚，善解人意的小友心靜送了我一瓶成藥，做單上寫著：專治自律神經失調症。可是，在各種各樣的神經中，是否有一種神經叫「自律」神經？因為在人體的各部份中，並沒有「自律」那個名稱，像腸，像胃，像肝，像脊椎，且不說「自律」二字根本不像普通名詞。

也許自律神經那個名詞是醫師發明的，用以表示它引起焦慮、煩躁、恐懼、疑惑等不恬靜的心境。我認為，當醫師解釋那種心境的時候，應該說指揮一切的神經系統不自律了，從而使神經的「所有人」無法控制自己。

　　神經之所以不自律，一定有個精確的原因。不幸的是，擺脫了那種原因之後，「不自律的神經」依然存在，就像失眠症也有一定的起因，擺脫了起因之後，失眠症依然是永久的，這真是災禍！

　　早在香水城的日子，由於特種原因，夜晚常常失落睡眠，白天也有賴於鎮靜劑。回國以後，那種原因早已不再存在，而潛在的不安仍然隨著生活中的拂逆而不時浮現。

　　因此，我必須讀你，每隔一段日子。為什麼？回答是；「把心靈交給你時，神經就自律了。」

心靈美容

「有些人從來沒年輕過，有些人則永遠不老」。

——蕭伯納

　　昨天讀蕭伯納文集時，看見了引用在上面的那句話。思之再三，覺得於我心有戚戚焉。

　　常常，我自嘲為大眾阿姨。陌生人來學校向我問路時，依然稱我小姐，鄰家的小娃娃看見我時也自然而然地稱我阿姨，除非他們的父母在場時會這麼說：「怎麼叫阿姨！叫太老師。」小娃娃叫我阿姨是憑直覺，他們父母的糾正則是正名。而我本質上就是那種無法正名的女子，裏裏外外。從外表上說，也許因為我天生是無福之人，所以至今還發不起福來。小巧型的人自然顯得年輕多了。從心靈上來說，我不會道貌岸然。從作品上來說，我的風格永遠新穎，感情永遠純真綿密，儘管我的感情已然由短暫的激情蛻變為由我悟出的愛之哲思。最重要的，當大家都反「唯美」的時候，我擇美固執。凡是我設計的，我蘊藉的，我尋求的，都以至美為最

終目標。因此，儘管歲月始終以等速流逝，它留在我身上的痕跡卻不甚明顯。

為什麼不勇於承認呢？所有的女人（甚至男人）都希望青春永駐。然而，由於自然律，實際的青春是無法長在的，去美容院整型也祇是自欺欺人。不過，我推薦另一種美容術──心靈美容。何謂心靈美容？這是我的答案：當實際的青春溜走後，妳該學習培養氣質。在化粧方面，既不要濃粧艷抹，也別蓬頭垢面；在衣著方面，既不要老氣橫秋，也別亂趕流行；在興趣方面，最好能學習一種靈秀型的才藝；在閱讀方面，別祇看實用性的書，而是要學習文學欣賞。妳是妻子嗎？請永遠把丈夫視為戀人，用最仔細最美麗的方式去愛他；妳是註定的單身女嗎？至少也該有個心靈伴侶。有了愛的對象時，美就誕生了。當妳自覺活在美與愛中時，年齡就被劃去了。

最後，我必須重複一次「使我們蒼老的並非在我們身上流逝過的歲月，而是對愛、美、情、智之執著。」

人生就是這樣

　　人生是一個複雜的抽象名詞，也是一個簡單的抽象名詞。複雜，因為古今中外許多哲學家費了許多心思去探索、研討、分析、追究，而仍然無法給予每個人一個令人滿意的答案。簡單，因為根據我主觀的看法，無法解決的問題也就不是問題，因為當一個問題大到無法解決的時候，我們就只好不予理會。比方說醫學進步了，能延長人的壽命，但是並無法使人長生。科學發達了，中老年人都可以美容，即使效果很好，我們也只說 xxx 美容之後看起來「像」二三十歲，而「像」和「是」畢竟是兩碼子事，所以啊！大家都希望青春、美麗、健康和生命永駐，而自然律卻是一個不可通融的公式：青春──衰老──疾病──死亡。這個事實，我們無法對抗，只好認了。認了之後，人生就變得不是問題。

　　關於人生，作家們寫得太多了，我們尤其標榜美化人生、鼓勵向上的作品。而我，一向只說真話，所以信言不美。其實，在人生的過程中，即使沒有勵志的書，我們還是會在可能範圍之內使自己活得美麗莊敬。假如真實地、客觀地分析，人生是一齣悲喜劇，以喜劇開場，以悲劇落幕。因此，有笑

的時侯，也必然有哭的時候。因此，作為一個人就必須有寬廣的胸懷，接納一切。當一個人哭的時候，他必然有他的理由，我們不要肯定他「無」病呻吟。當一個人盡量笑的時候，我們也別因為自己沒有笑的理由而加以批評。

　　在我的心目中，卡繆是最慷慨的作家，他認為，人生之目的就是使自己活得快樂也使別人活得快樂。我總是向他看齊，也寫了一則人生。

人生

　　有一首西洋民謠，其中的一句是「人生並非一床玫瑰」。還有一首中文抒情歌曲，其中的一句是「人生是一首哀歌」。似乎，這兩首歌的主題都很主觀，也很悲觀。假如我們客觀，就該肯定人生是多面的，也有不同的階段。

　　我們活著就像登山。起步的時侯，我們都是年輕人，從而充滿著活力也充滿著希望。只要努力往上爬，總有到達峰頂的一刻。那時，佇立在一山之巔，你可以傲視一切，甚至可以小天下。然後，你就必須開始走下坡路，即使你並不願意。自然，走下坡路之時，在體力上你已經疲倦了。加之，下坡路帶來的並非綺麗的遠景，而是重重災患，像疾病，像衰老，像智慧之衰退以及臨終痛苦。而人生的路就是這樣，大家都循著一成不變的自然律向前行走。所以啊；我們該享受人生提供給我們的一切悅樂，必須忍受它給我們帶來的一切痛苦。任何太主觀的說法都不足為人生下個絕對的定義。

　　常常，在病痛中，我們忘了曾享有過的健康；在痛苦的日子裏，我們忘了歡樂的時辰，在衰老時忘了自己也曾擁有過的青春。假如我們能夠心平氣和地思索人生的兩面或多

面，也許我們能熱愛人生，像法國十七世紀的寓言詩人拉豐登一樣。在一首詩裡他有如是的句子「我愛遊戲、戀情、書籍、音樂、城市、鄉村，總之我愛一切，一切都是至美，對我來說，連憂鬱的心境於我也是黑色的歡樂。」

生之頌歌

記憶中永遠有那幀畫面：船行在三峽之間，綿延七百餘里。兩岸是巉巖的山，連綿不絕。江水被峽谷所困，灘險水也急。舟行其上很是險阻。

那是一幅奇景，雄偉壯麗，有狂瀾勁水，有急流飛湍，有波濤的洶湧，有浪花的躍濺。

然而，三峽所呈現的只是可見的一面，它尚有不可見的一面。把形式賦予不可見的一面，那才是藝術工作者的責任。

那些嶙峋險阻令人感到人生之路也是一程水系，困苦艱難就是人生之河上的峽谷。當江水奔流，假如沒有峽谷，江水便不會有繁複的高歌。同樣地，也就是坎坷崎嶇使人生之歌具有繁複美，具有「大跳」、「小跳」和「八度」。

有人比較幸運，一生都平平穩穩，像是在湖上泛舟，只有水鳥，只有蘆花。只有漣漪，沒有驚濤駭浪。

在多量的歲月流過我的今天，我悟出了一項真理：是人生之河上的風險和峽谷使人生之歌氣勢磅礡，高潮迭起。於是我譜了一首人生之歌，歌頌人生之河上的波濤壯闊。

雲的變奏

　　常常，我愛斜倚欄杆，仰望青空中的白雲。該用什麼樣的形容詞呢，對於那些奇妙的雲？純白的，一朵朵，像太空海上的浪花：毛茸茸的，一團團，像太空平原上的白色羊群。有時，它們也像白玉的現代雕塑，不具象的。

　　輕盈地，迅速地，雲無心兮出岫，出自無涯；轉瞬地，它又倏忽隱退，隱入無邊。一言以蔽之，它們是空中的流動建築，一些純白亮麗的雲壁雲樓；也像一幅一幅的空中抽象畫，輪流地被展覽，出自誰之手筆？假如有風，一吹就散；假如沒有風，雲也只猝然湧現，驀然消隱，變幻而易逝，自在又瀟洒。凝望著那些易開易落的朵朵雲花，我總會想起一句詞：「萬事雲煙忽過」，辛棄疾的。

　　是的，輕盈而迅速，雲掠過城市，跨過鄉野，飄過山岡，越過海洋。雲來也匆匆，去也匆匆，不留痕跡，不留蹤影。凝望著那些飄忽無著的雲，我猛然憬悟，那是一種啟示：粉紅色的歡情縱然易逝，純黑的悲愴也不永駐。於是我寫了一篇「雲的變奏」，很抒情，也很主智。

藝語

　　活得熱情，寫得冷靜，那才是最大的天賦。應該學習等待，把等待視為一種蘊藉，像一株樹蘊藉花蕾。別急於塑造什麼，除非憑著理性，因此，我不忙於填滿沈默，而是對沈默有所諮詢。

　　有時，語言摒棄我，詞藻逃離我，那些我鍾愛的章句·那些增益真實感和幸福感的字彙閃避我。有如一個踉蹌的旅人，我在暗中摸索。黑夜使我迷途，像一個在異國的流浪者。

　　我甚虛弱，只能轉向你為我創造的離奇夢境。那才是一個不可耗竭的靈源。由於你，我還能創造一種美，與眾不同的。

　　必須研究情感，那是兩人之間真實的心靈契合。在其中，我們到達無極和永恆。

　　只有當我們能用字彙為那種真實的契合塑造一個迷離的世界的時候，那才是真正的創造。因此，我憎恨一切全然的知性。必須在靈性世界裏安排一個庇蔭所，為了迎接感性世界。

૭ ૭ ૭ ૭ ૭ ૭ ૭ ૭ ૭ ૭ ૭ ૭ ૭ ૭ ૭ ૭ ૭ ૭ ૭

　　世界太古老了，前人已經耗竭了所有的主題。我最關切的是重拾舊題，但是必須用新的方法再說一次。當我那樣做的時候，即使無法立足，即使必須獻身於大寂寞，我也不在乎。尋求真理和真誠的人需要堅強的意志力。為了對真理之酷愛和尋求，我摒拒普遍的類似性。

૭ ૭ ૭ ૭ ૭ ૭ ૭ ૭ ૭ ૭ ૭ ૭ ૭ ૭ ૭ ૭ ૭ ૭ ૭

　　情感的豐富是可貴的，假如有一分不移的忠貞。那分忠貞支持我們，使我們既免於被情感所淹沒，也免於讓感情泛濫成災。至情者必須首先念及對方，所以說情到深時無怨尤。

　　感情有時是一幅奇異但流動的風景，一切詩意的行為都在那幅風景之上作成。縱令那風景猝然變成廢墟，由於沒有怨尤，我們便有勇氣在廢墟上培植花朵，化腐朽為神奇。

૭ ૭ ૭ ૭ ૭ ૭ ૭ ૭ ૭ ૭ ૭ ૭ ૭ ૭ ૭ ૭ ૭ ૭ ૭

　　藝術是我們的學校，因為其中蘊藏著有感性的、繁複的智慧。它把一切顯示給我們，甚至死亡。

　　藝術家的命運是歌頌那些吸引我們的誘惑力，是迫使自身停留在有進境的狀態中，是全然委身於那種誘惑力且大聲

如此宣言：凡是摒拒那種力量之光輝的人，他們將看見那種光輝自他們望中退隱，像消失於天隅的流星。

藝術家可悲的命運是必須在因果關係的遊戲中掙扎，那種不可遺忘的，不可更改的遊戲。心靈企圖使自身逃離那種關係，從而獲得解脫，而不幸地，它只有置身於那種關係中才真實地存在，只有在使自身溶化在思維和語言中的時候，才顯得出色和有分量，所以說，創作便是自戕，也是為他人而存在。

緘默，不向他人揭露自身的體驗，只令人有存在的「感覺」而非真實的存在。若此，被創造的美才象徵不朽。

風之歌

你們是不會認識風的，住在平地上的人，住在林立的大廈中的人，遠離著鄉野和海洋的人。而華岡是風岡，我藏書的小樓也從而是風樓。在這個風口裡，我被風沐浴，我也體驗著形形色色的風，覺得風是大自然的蒲扇，是大地的巨型掃帚。

春日裡，和暢的東風把殘冬留下來的落葉「掃」光，把草坪「搧」綠，把萬花「搧」開。一夜之間，山岡就蔥蘢起來，繽紛的花朵也開始喧嘩。

夏日裡，南風搧開一叢叢的相思花。極目處，華岡就是一座鍍金的山，很是金碧輝煌。黃昏來臨時，晚風又把白日的炎威搧盡，使夏夜變得清涼。

秋日裡，蕭瑟的西風把樹葉從枝頭搧落。把溪水搧得冰涼。秋葉鳴廊時，我們覺得那是一種淒美但有深度的境界。

冬日裡，北風以呼嘯來，以澎湃來；凜冽、悽厲，把門窗吹得軋轢有聲，把帘帷搧得像鼓鼓的風帆。北風乍起，千花為之凋謝，百花為之摧折。那時，人們也只好退一步想，一而背誦兩句英詩；既然冬天已經來到，春天還會遠嗎？

寫給時間

午⋯⋯⋯⋯夜
窗外的鐘鏗鏘地響
叮噹叮噹叮噹叮噹
叮噹叮噹叮噹叮噹
啊⋯⋯鐘⋯⋯啊⋯⋯鐘
我懇求你，請停歇你的音響
在鐘聲裏，我怕時光
時光向我，索取太多
而它卻把悠久
留給磐石和江流

——自己的詞曲第三號

某個深夜，我自睡夢中醒來，輾轉反側，不再成眠。窗外鐘
劃破了沉寂，正敲響子夜，使我想起了美國女詩人 Sara
Teasdale 的「阿爾諾河」中的主題：「時間向我，索取過多，
而它卻把悠久，留給磐石和江流。」因為空間不同，我改寫
了那首詩，譜成了一首曲子。

　　我不否認，這是一首很恐怖的曲子，但是也必須承認這是真理以及真實的感受。對不再年輕的人來說，時間永遠是一個剝奪者，只是或多或少地，或早或遲地罷了。而真理總是不悅耳的，就像老子說的：「信言不美」。於是，在慶祝誕辰的時侯，即便壽星已經不再年輕了，大家都說美麗的謊言，像壽比南山。可是，壽真會比南山嗎？假如你的回答是肯定語，那就是老子所說的「美言不信」。不過，多半的人都不願面對事實，而我，我總是堅強的、清明的。我不愛掩耳盜鈴，我寧願抗爭，以任何方式。

　　時間是一條靜靜的河，不被覺察地流過。流過時，總從你那兒拿走一點什麼。然後，一個早晨，臨鏡時，你發現了第一根白髮，第一條鵝掌紋，你遂猛然驚覺，生理上的青春已經不再。而青春之失落倒不是最重要的，因為和你同時代的人也一起失落青春。也許，你看過「緣盡情未了」中的依莉莎白・泰勒。美容過後的她也不過「像」個少女，而「像」畢竟有別於「是」。我討厭人為的青春，來自美容院的青春，就像我討厭一切假假的東西。

　　尤有甚者。假如你原就先天不足的話，妳會發現這個令人不悅的事實：隨著青春之失落，你也會過早地失落健康，像我。而失落健康才是嚴重的，因為人在病中就失落人之尊嚴。幾乎有五年了，我患著永恆傷風症。起初，不過是尚可

忍受的頭疼，眼澀，輕微的嘔吐感以及在周身遊走的寒流，也習以為常了，仍然馱著永恆傷風症走向課室，履行責任。

可是，兩個月以前，我患了一次咳嗽。如今，儘管咳嗽停止了，仍然鼻塞喉枯，而且失落了歌喉。而歌喉之失落，對我來說，比失落財富還更可悲，因為我快樂的時候想唱歌，憂鬱的時候也想唱歌，而財富是無法替人表達心境的。對一個感性至上的人來說，心境便是一切。

記得在做新鮮人的日子裏，我的歌聲幾乎被視為藥物。我的大學生活是在艱苦的物質條件下度過的，置身於貴州遵義的我們可沒有鹿橋筆下的學子們那麼逍遙。遵義是一個文化落後的山城，荒僻遙迢，不但沒有娛樂場所，連書店也告闕如。於是，愛樂的一群只能用自己的歌聲娛己娛人。

在宿舍裏，我們住的是統艙，八個人分享一間小小的屋子。每逢有室友生病，她們總要我坐在床緣，用美麗的音色撫慰她們的心靈。而我生來就是一個執著的女子，興趣不曾因歲月之流逝而改變，不會因人為的尺度而改變。所以啊，中學時代唱歌，大學時代唱歌，踏入社會以後唱歌，在為人師表的日子裏還是唱歌，我會一直唱下去，假如感冒的後遺症不曾剝奪我最高的音符。而傷風症並非由於單純的空氣傳染或接觸傳染，而是時間剝奪了我的抵抗力和適應性。

　　而我不是一個容易向命運低頭的女人。在沒有找回歌喉
的日子裏，我決定了作曲，一首又一首。時間從我這兒索取
的，我要向它索回，以另一種方式。就這樣，我完成了自己
的詞曲第三號，「時光」，為了向時間之神說：「你還不能
征服我，不能！」

回答一個問題

　　一位女孩來信問：「什麼是活得詩情畫意的基本條件？」我試著主觀地回答，在此。活得詩情畫意就是把「美」溶入生活的每個細節中，這和生活者本人是否美麗，是否富裕，是否詩人或畫家全然無關。

　　多年前，我訪問過一個家庭。男主人是知名度甚高的畫家，女主人則寫得一手好散文，而他們坐落於高級住宅區的屋子亂成一團，很是出乎我意料之外。

　　多年前，我也去過一位國大代表的家。他們的客廳十分豪華：厚厚的大紅地毯，各色的絲絨沙發椅墊。至於擺設，更是紛至雜陳。整個客廳的陳設祇給我唯一的感覺：紊亂的俗麗。

　　由於上述兩間客廳中美感之闕如，我們可以知道活得詩情畫意之基本條件無賴於生活者本身的經濟能力和藝術才華。主要的是，生活者必須具有活得詩情畫意的決心以及如何才能把那個決心付諸實行。

　　活得詩情畫意就是活得美麗，活得美麗就是把「美」溶於生活中。我假定愛美是人的天性，但是並非每人都有審美

觀或典雅的品味。也許各人的審美觀不同，但正確的審美觀祇有一種：和諧。比方說，在所有的花卉中，我最不歡喜牽牛花和向日葵。後者的莖幹太僵直，葉子的排列與形狀也不悅目，至於葵花本身，非但不夠細緻，而且扁平得像一個沒有鼻樑的面孔；我也不愛牽牛花，由於顏色之不協和——紫色是最難搭配的顏色。牽牛花是大自然界的創造物，尚且不甚悅目，試問一個穿紫色上衣配翠綠裙子的女孩會給人什麼樣的印象。因此，若要生活得詩情畫意，生活者首先必須具有審美觀。

有人有先天的審美觀，祇要把審美觀表現在生活中就能活得詩情畫意。有人生來就缺乏審美觀，那麼就該下決心研究美學，然後把所學應用在生活上就行。

生活的層面太廣了，我無法一一闡明。就讓我舉「一」個實例：登山。一般人爬山也許祇是為了運動，其實登山者也可以順便就地取材，帶回家化為美感活動。比方說，山中多的是奇形異狀的石塊，顏彩繽紛的野木閒花。假如幸運的話，妳還能在一塊朽木上發現一朵棕色的靈芝。為什麼不趁登山之便撿拾幾塊奇石，採擷一些野木山花？然後，把那些來自山中的捕捉物帶回家裏加以運用，使零亂的山石、野花、細草、靈芝做成一件有秩序有和諧的藝術品，放在客廳裏增添生活情趣？

　　你一定能買到一個價廉物美的粗瓷容器，最好是變形的。我偏愛變形器，因為太規則的容器趨向呆板，趨向千篇一律，而美必須與眾不同。想想看吧，假如天下所有的容器都是清一色的圓，該會是多麼單調！

　　現在，你也許買到了或找到了一個樸實的變形陶質容器。請在其中傾入一些肥沃的泥土，讓幾塊高低大小不一的亂石站在容器裏，在不同的層面上，站成幾座小山的樣子。接著，請根據直覺美感或美學原理在空曠的沃土上，務求結構繁複而不紊亂，把每株樹、每根草都放在最恰當的地方。

　　現在，石山已站穩，花草也已種植，請倒退幾步，看看盆景中的每根線條是否勻稱，每個層面是否協和。假如某個枝枒上的葉子太擁擠，請摘去幾片。假如某根枝枒太長，就剪短一些。最重要的，必須在容器中製造一點「留白」，因為留白給人的感覺是非對稱美。

　　如今，盆景已經做成，而且是有生命的美，不像插花，祇鮮活一個早晨。說起花道，它已成為一門熱門學問。許多主婦都去學習插花，因為她們缺乏與生俱來的美感；至於我，無師自通，因為我有先天的色彩感和線條感。換言之，我是一個有美感天才的女人，祇要在生活中從事美感活動就足夠了。對於在這方面缺乏天賦的人，並非沒有補救辦法，因為審美觀是可以學的，就像我不必刻意地去學插花，而別人可以拜師一樣。

　　最後，我也不忘記說，必須心中有愛，因為愛是美的動力。祇要能愛一個人，你就會熱愛生活。當你熱愛生活時、你自然會有興致把「美」溶入生活中的每個細節。這麼一來，生活無需豪華，你卻能活得詩情畫意。

第四輯

往事如烟

「半」簾幽夢

「請勿譴責酒徒，因為他腦子裏正在發生什麼事情，你並不知道。」

——哥德

音樂臺上的節拍器嘀嘀嗒嗒地響著，鋼琴師用熟練的雙手敲擊象牙色的鍵子，讓伴奏的音符像水一般流到餐廳的每個角落。

「我有『半』簾幽夢，不知與誰能共……。」那嗓音很迷人的男孩又在作怪了，把一簾唱成半簾。不過，他是有資格作怪的那種典型，美好無雙的歌喉令他有恃無恐。

一如往常，她坐在幾乎是她專用的卡座上，前面攤著一堆稿紙。她一面傾聽那美麗的音色，一面想起如今已走向太平洋彼岸的艾梅。她摸摸身上穿著的那件翠綠和藏青交雜的方格毛海背心，感到一陣暖流在周身遊走。艾梅真是一個忠實的朋友，那件溫軟的毛海背心便是她從地球的另一端寄來的。不，艾梅寄來的原是一條蘇格蘭出產的毛海披肩。因為披肩容易滑落，披在肩上又不貼身，於是她自己加工了一番，

改成一件長背心，很是綽約。天氣不太冷的時候，她就把背心套在乳白色大翻領毛衣外面；在嚴厲的冬天，她就把它穿在毛衣和大衣之間，真是一件令人舒泰的冬裝。

怎麼會認識艾梅的？只是一種偶然。一天晚上，有個女孩堅持要請她去吃日本料理，她們去了通天閣。晚飯後，那女孩說：「現在我們去個有音樂的地方。」於是她們去了明日餐廳。那時適值「明日」的全盛時期，夜間有屬一屬二的小提琴手、鋼琴師和古典吉他。白天，錄音帶裏流出來的也是柔柔的音符，正是能令她忘卻一點什麼又建設一點什麼的那種。之後，有一段長長的日子，她把「明日」做成了自己的第二家屋，冬天在那兒避寒，夏天在那兒避暑，風雨天在那兒避陰，一切需要能耐的工作都拿到那兒去完成。三角琴周圍那張馬蹄鐵形桌子是她專用的書桌，因為桌子和凳子的比例完美無雙。她能在那兒一連寫作八小時而不感到背疼腰痠。每逢她在場，提琴手就自動演奏她偏愛的一首曲子，那是她的索爾維琪之歌時期。

一天晚上，一位秀外慧中的少婦走到她的面前，一面說：「教授，謝謝妳的文章替我們做義務宣傳。」然後，她們就變成了好友。每逢她在「明日」而艾梅也在的話，她的餐點飲料都免費。她們也一同逛街，一同看電影，一同去別的音響餐廳。可惜的是，筵席終於散了。大約一年過去了，「明

日」的男女主人走向了地球的另一端。餐廳轉手之後，氣氛改變了，舊日的樂人也星散。如今，連「明日」都變成了「全壘」。哎！物是人非，物是名非，她也不再走向「明日」的舊址。不過，艾梅仍然是個忠實的朋友，只可惜經得起時空考驗的情愫太少太少，在此人間。每逢她有新書出版的時候，她總會寄給艾梅一本。至於艾梅，她曾經為她一再尋覓KATHERINE MANSFIELD 的日記，曾經託人帶給她一瓶細緻的英國瓷花。知道她一向怯寒，艾梅趁去夏歐遊之便為她選購了那條好暖好暖的毛海披肩。直到如今，每逢她走進任何一家音樂餐廳，她總會聯想到艾梅。同樣是記憶，有的記憶值得保留，有的卻該謀殺，她永遠對艾梅心存感謝，因為她曾為她提供一個謀殺記憶的地方。

「春去春來俱無蹤，徒留『半』簾幽夢……。」

思路真是一條錯綜複雜的路，迂迴蜿蜒。她仍然在繼續傾聽那歌者，思路卻猝然自艾梅轉向了哥德那句名言。自始，她覺得扮演衛道者的人都該具有哥德那種體諒別人的胸襟，也想知道衛道者本人是否真的言行一致。替他人立法是容易的，比使自己也遵守那種立法要容易得多。波特萊爾也說過；「為了忘卻一點什麼，必須使自己陶醉。但是，陶醉於什麼呢？於醇酒，於詩歌，於道德，隨你的便。但是必須陶醉，那才是一切。」是的，她正是那種女人，永遠有許多待忘卻

的人和事。而遺忘是一門艱難的課程，自己一個人無法輕而易舉地修完，求助於外力乃是必需。有人求助於酒，於是有了不受哥德譴責的醉漢。李煜也說：「醉鄉路穩宜頻到，此外不堪行。」可惜的是，只有哥德、波特萊爾和李煜知道沒有天生的醉漢，他們只是情況的犧牲者。而她是不喝酒的，酒幫不上忙，也許能求助於詩。關於詩，她有如是幾行：

芭琪，妳是皮格馬林的妹妹
雕刻吧！尋覓最叛逆的花岡石
任衝力日新又新
任狂熱燃燒雕刻的手
暮暮朝朝

一旦
若你放下雕刻的刀
夢之火從而滅熄
雕像也將逃逸
於完成時

然則「「永遠」或「永不」總會令人有時覺得疲倦，這才是災禍。剩下的還有歌。她是愛唱歌的，是可以唱到「曲盡河星稀」的典型。每隔一段日子，她就去買一批歌：藝術歌曲、

中外民謠、小夜曲、詠嘆調。她幾乎有了一座小小的歌曲圖書館。有時，當她無意於一切的時候，而傷風菌也遠離著她的時候，她就唱一整天或一整夜，而她是永恆傷風症患者，這又是災禍。至於道德，那要看各人對道德所下的定義，她對道德所下的定義很原始，很單純：不傷害別人而且使自己對社會國家有點用處。這兩點，她自問全做到了。不過，一定是因為她不傷害別人，她才常常受到傷害。輔大一個女生就在信裏說過：「妳怕傷害人，多麼大的長處，也多麼大的缺點！」別看她小小年紀，說話還挺有學問。不過，要做到使自己真的對社會國家有點用處是艱難的，因為必須首先培養一種能忘卻一己之拂逆的心境。連古語都說：「窮則獨善其身，達則兼善天下。」若要做到「窮」而兼善天下，就更難了，因為必須忘卻「許多」。而忘卻是艱難的，當酒幫不上忙，詩也不，歌也不的時候。就是為了忘卻「許多」也從而使自己對社會國家有點用處，她選擇了音響餐廳。

「若能相知又相逢，共此『半』簾幽夢……。」

那首歌即將接近尾聲，就像她守候的那一場演唱也即將接近尾聲。近來，每逢有點什麼莊敬的篇章待譯述的時候，她就走向「天堂鳥」。她把頭轉向窗口，俯視那些形形色色的房舍、川流不息的車輛、小得像床單的花園，一面追溯是在什麼情況之下才從「明日」轉移陣地，轉向了天堂鳥。對

了，一定是天堂鳥那個名字吸引了她，記憶中，有一則關於天堂鳥的傳奇。據說：天堂鳥是一種不屬於人間的鳥，產於印度。一旦被人捕捉，牠就咬舌自盡。真沒想到，鳥中也有不自由毋寧死的典型。加之，她是花的朋友，而有一種花也叫天堂鳥，源自夏威夷。如今，寶島也進口了那種花，她曾在紫園買過半打，插在一個竹瓶裏，宛若六隻困在竹籠裏的鳥，橘黃的外瓣是羽毛，在振翅時揚起一片金燦；淡紫的內瓣是尖長的喙，向上蹺起，蹺出一份綽約的仰望；尚未孵出的鳥花則隱藏於紅綠交雜的花萼深處，蘊藉著日後的綻放。一定是因為那種鳥的傳說和那種花的形態曾在她心頭久久盤桓，於是一天中午和友人用餐之後便第一次走向了天堂鳥。她去了一次，偶然發現了一個能令人忘卻現實的音色，然後就做了那兒的常客。從前，她走向明日，如今，天堂鳥是她忘卻現實之冷峻的所在。是的，遺忘是一件艱苦的工作，她獨自無法完成，其實，外力也只能給她帶來一份短暫的遺忘，這就是為什麼每隔一段日子，她必須把腳步轉向天堂鳥的原因。也許，對她來說，天堂鳥便是醇酒，而酒醉是會醒的，像夢。她曾經做過一些大夢，也做過一些小夢。夢也常常是被人曲解的，像她自己。然而，現實是冷峻的，她必須被一個又一個的夢支撐著才有氣力面對現實。對一般人來說，夢和現實是絕對相反的東西，而對她來說，二者相輔相成。確

然，她是拉馬丁的妹妹，因為有兩種互相排斥的品質在她身上和平共存。

「共此『半』簾幽夢……，共此『半』簾幽夢……。」

聽著聽著，她不自禁地笑了。瞧！她真不是對人生有所苛求的女人。一次小小的越軌便能令她忘卻現實在她身上作成的蹂躪。是的，按照人為的標準，師字輩的女人迷音響咖啡廳該列入越軌欄。不過，按照她自己的繩準，只要小越軌能幫助她履行大責任就是無可厚非。是的，那「半」簾幽夢還真「亂邪門」！聽著聽著，她笑了。據說，笑有益於健康。而一般說來，她想笑的時候很少。她不知道是否有許多令人想笑的事發生在別人的身上，不過，在她身上很少發生那種事情。其實，當她因聽見那歌者把一簾唱成半簾而笑了的時候，那種笑意也不曾持續。那年輕人篡改歌詞只是作一種文字遊戲，只要耍耍花招，也確曾達到娛人的效果，因為她畢竟笑了。只是，當她更深入事物之本質的時候，歡笑也就斂跡消聲，由於這種推理：假如在人生路上你正起步，還沒有感到時間的重量；又假如你一生都是幸者，路上從來沒有坎坷，你就永遠會有「一」簾幽夢。然後，隨著歲月之流轉，或隨著人世之滄桑，「一」簾就必然變為「半」簾。那歌者屬於黛綠年華，不會去深入事物之本質。當他篡改那句歌詞的時候，只是為了好玩。而她，也許是因為看透過太多人，

體驗過太多生活;也許是因為正在向法國「新」小說家瑪格麗德・莒哈絲看齊——深入事物之本質;在聽了「半」簾幽夢之後她雖然笑了,但是無法凝定一個永恆的笑姿。不過,能笑一次總是好的,就像「半」簾畢竟勝於「零」簾。

人在虛無縹緲間

　　龍蛇交替以來，最凜冽的一天。飄自曠野且無房舍阻擋的山風掃過高樹，搖撼最低的灌木叢，穿透怯寒者的四重毛衣，刺入骨髓。而蜿蜒的陽明山道上，車潮洶湧，全都載著去大屯山賞雪的遊人。而我不唱踏雪尋梅，我甚畏寒。穿上了冬衣重重，把電熱器扳到最高瓦，打開中廣音樂網跳單人舞，依然抵不過水銀柱上的八度。遂想到做點「暖心運動」，決定走向那家有暖氣的旅邸，給你寫信。一想到為你執筆，非但立刻有暖流在周身遊走，而且感覺超凡。記得在阿眉廳初見時，溫文儒雅的你突然冒出了這句話：「妳喜不喜歡寫信？」因為措手不及，又從不說謊，略為遲疑之後，我回答：「不太喜歡。」一面驚訝於自己無禮的坦率。我確實不愛寫信，尤其不愛寫平淡無奇的信，又忽然想起了拜倫：

　　「我偶然讀到拜倫寫給妻子的一封信，寫得好糟糕。」

　　「寫得好糟糕？」你問，不知道是訝異或是其他。

　　「全是柴米油鹽。」

　　「要跟情人寫的。」你說，語氣也非常肯定。

　　那只是初見，匆忙、浮面而陌生。首次印象只是你文質

彬彬的風貌，美麗的音色，鶴立雞群的一八○公分。因為趕著在天黑前上山，我行色匆匆，看了掛錶，告別時你從公事皮包裡拿出一封信說：「投了三次都被退回，說是查無此人。妳要不要帶回去看一看，然後回一封？」寄到師大和成大遭到退回是理所當然，為什麼文大收發室也說查無此人？至今百思不解。也許正如你所說的，天底下任何事件之發生都有一定的季節。

到家以後，忘了手袋裡那封無法投郵的書信。翌日找錢包，打開手袋時，才看見那封信赫然在焉。不知道是否由於好奇，我想知道中文學歷只讀到初一就開始使用葡語、西語和英語的你的中文程度。拆閱之前，我不曾對你的中文修辭寄予厚望，因為我的學生多半寫不通中文字條。誰能料想到呢？你的書簡文情並茂。是的，我該把你的信稱為書簡，因為它不像公告，不像通知，不像報表，而是表達情智的雁字。「雁字來時，月滿西樓。」我是在燈下細讀的。

從書信裡，對你有了更深的認識，這才知道你非但外貌倜儻，內在也深思善懷。我回了一封，而且相當仔細。

之後，書簡以繽紛來，而且長長：你每天在辦公室忙到凌晨才駕車回到「一」個人的家，然後讀我一篇文章平下心情，穩穩睡去；你在清晨凝望窗外的嚴霜，一面想到我單薄的身體；你正獨自前往拉斯維加斯，並非為了賭博，而是參

加一年一度的電腦展；你曾前往南美省親，共度耶誕；你在
一燈之下，寫出你的矛盾和濃濃的哀愁。你把我做成傾訴的
對象，述說令你痛苦的愛的故事。你從事尖端的工商業，但
總使我覺得你像蘇東坡的「卜算子」：「時有幽人獨往來，
縹緲孤鴻影。」以你的條件，該是不寂寞的。一定是「揀盡
寒枝不肯棲」，「威州」從而冷了。奇怪，我說過不愛寫信，
如今倒有點像長篇連載。是的，信是藝術，是溝通心靈的橋，
要就不寫，要就該像長篇連載。疏疏落落的，無意義的文字
之排列引不起讀信人的共鳴。那是我對書簡藝術的看法，也
是你的。

　　真想把信寫得更感性一點，但又想知道是否有資格那麼
做。答案是否定語，今生已矣，輪迴又很渺茫。不過，你是
唯一可以和我通信的人。不！是我選擇你作為通信人。被選
擇並非一定是很好的感覺。以色列人不是被上帝選擇的民族
嗎？而「屋上的提琴手」中的男主角就說寧可不被選擇。我
也不愛被選擇，我要選擇，所以才摘下了指環，所以才裝了
電話扳機，以免不受歡迎的陌生嗓子不分晝夜地加以干擾。
不過，我一向情智分明，常常想知道自己是否有選擇的權利。
一想到我的書信充斥你的檔案，我就害怕成為負擔，於是這
麼寫：「我的信是拂過秋樹之耳的風之呢喃，不必報之以回
聲。」而回聲持續，其中有小品，有詩詞，有佛偈，有抄錄

的中英文聖經。你也愛用「灰色」和「叛逆」等字樣形容自己的作品，用「憂鬱」二字形容自己的氣質，真的很少年維特。但願你不是真的因愛的路上之坎坷而「心靈滴血」，我好害怕你憂傷以終老。說實話，愛情不論如何熾熱，如何澎湃，全都短暫，有時並無需第三者的介入，只因自然律會帶來邊際效用。因此，人若殉情，就會遭家人唾罵，遭社會批判，被宗教處罰。

儘管「羅米歐和朱麗葉」是名著，而其中的男女主角只是假人。真人只宜殉國，甚至殉財都情有可原。君不聞？人為財死，鳥為食亡。殉財的人有福了，因為他們有充分的理由：為了現實，為了責任。你不是也說，在工商掛帥的社會裡，男孩而不「多金」是會被人瞧不起的？你已多金，忙得連週末和星期天都賠進去。多金之餘，你就嚮往「心靈之完美」。你在商「厭」商，於是把自己孤立起來，寧可在「一燈之下，一書在手，享受瀰漫於四周的寧靜與心中的溫柔」。為了爭取多金，你決定活得「俗氣」，從而失落自我；為了尋找自我，你決定「面對」寂寞，從而幽怨。你說：「我領悟了，匆忙的實業家、路邊的乞丐，全都在耗時間，只是有人在燈紅酒綠中耗，有人在牌桌上耗，有人在奔波中虛度青春，像我。既然認命了，我就這樣耗下去。其實，做人該像妳：有氣質，有學問，不求名利，只是為了對一份純真有個

交代。和妳比起來，我庸俗多了。我要向妳看齊，在作品中
尋回靈秀。」

其實，你我之間並非清高或庸俗問題，而是相差的蠟燭
問題。我只是虛構的人，或者說半個我不是真的。假如整個
人全是假人，怎能在崗位上有聲有色？剩下的半個我不是真
的，是縹縹緲緲的。非但我自己如此認為，南方有個女孩也
這麼說：「每逢對人生感到失望時，我就先下手為強，把一
些至美的典範邀請到我面前來，以平息心頭的悲憤。」

結果，她心目中的美的典範全是假人：林黛玉、安娜‧
卡列妮娜、「殘百合」中的女主角，電視連續劇「彩霞滿天」
中的羅虹芝。唯一的真人是柴可夫斯基的「心靈伴侶」梅克
夫人。然後，她又加了一句：「原先我的名單裡有梅克夫人，
可是我覺得妳比她更偉大，她就黯然失色了。妳老說死亡並
不可怕，而我好怕妳從這個世界消失，因為妳是唯一活著的
二十世紀的至美。」

由此可見，有半個我是和虛構的人物相提並論的。而你
則否，因為全是真的。有祖國文化背景的是你，有西班牙及
美國文化背景的也是；外表開放的是你，內在保守的也是；
和商賈計較的是你，嚮往藝術的也是。你既能面對現實，也
能追求理想，因為擁有無限的時間。擁有大量時間的人才是
真的，其餘的皆屬縹緲。

關於日記，你說：「我記日記是為了在老了以後擁有完整的回憶（妳除外，因為是一個真正沒有年齡的女人）。」其實，「無年齡」也是尷尬狀況，因為既非真的蒼老，亦非真的年輕。所以啊，在這方面，我也不是真的。不是真的就是假的，假人不可能有任何計畫，因為她像是擁有時間，又像是每個日子都可能是最後，由於健康道上之多歧，這是真話。每逢我說真話時，你就用「灰色」二字修飾我，「他」則用「悲觀」，你羨慕的「他」。其實，你不必羨慕任何與我有關的人，因為我享有的都是極短暫的借貸，更何況又是縹縹緲緲的，只有假人才能活得縹縹緲緲，不知是福澤或是災禍，分析不得。其實，有時連古人的話也分析不得。比方說：「自其變者而觀之，則天地曾不能以一瞬。自其不變者而觀之，則物與我皆無盡焉。」天地就是天地，是悠久，是無極，怎麼和「一瞬」同日而語？至於物和我，絕對「有盡」。比方說，我就打破過許多鏡子，這就是物之盡。至於我，已不是背赤壁賦時的我，而且夜深「早」覺月光寒了。其實，荏弱的我，連行走在二月的太陽下都冷，顫抖得像北風中的「六月雪」。只要能在「無疾」的狀態中「有盡」，余願足矣，以免漫長的疾苦扭曲容顏。這是真話，而真話老引人曲解。連知音如你，一聽見我的真話就忘了自己的「強說愁」，而且用堂皇的話激勵我：「省親歸來，收到妳幾個郵簡，好高興、好感動，然而妳灰色的思想令我操心。生命是希望，

是喜悅，是愛，每個日子是初始而非最後。人生就是那麼一程，永遠努力走下去，會有意想不到的結果。希望在新的一年裡，妳有更多的靈感，再度創造至美。」

自然，最後的時辰尚未鳴響，我自當努力走下去。至於意想不到的結果，充其量也只是認識了他，又認識了你；被他了解，也被你了解，如此而已，或者該說已是很多，因為有好多小友都羨慕我。羨慕我，但無法學習，因為人就是無法既擁有現實，又活得縹縹緲緲。縹緲很美麗，但像夏夜林間的螢火，時明時滅，光熱無憑。至於現實，卻又是單調的同義詞。

今天真的天寒地凍，已無冬衣可加，於是來到了山上的中國大飯店，製造一點聖美的感覺，情緒上的。室內有冷暖中度的氣溫調節，落地窗面對著蓊鬱的紗帽山。山前有兩株櫻樹，一株大概是早櫻，已經謝了春紅，而遲葉尚未萌綻，枝枒黑得像骷髏。另一株是晚櫻，一樹獨紅，無綠葉扶持。假人的想法：我比它們幸運多了，只因你是遲葉。我在旋轉床頭的音樂鈕，磁帶送來了柔柔音符，如今難得聽見的那種。我坐在如水的音符中，可能是為自己執筆，以雅賊之姿。十年了，我似乎一直在盜竊靈感，所幸失主全寬厚。不過，我也永遠自首，也許原就無辜，因為我的竊盜行為也是縹縹緲緲的。

　　有一份恬靜的閒適包圍著我，一縷悠然的思絮飄向密河，那遙遠的密河因你之存在而變為貼近，我彷彿聽見紅葉順流而下的聲音，假人的邏輯。這真是一個滿不錯的旅邸，有鄉村風味，有都市文明。若你來台北辦事，不妨在言商之餘，來此小憩，抓一把謐然的幸福。我的居所距此不遠，若天氣清和，可以安步當車。對著一杯清茗，我們可以申雅懷、論文學，偷得浮生半日閒，作成另一種美學事件。若此，你的作品檔案中，將有另一次「有意義的相逢」。

玻璃人

　　十年之後，你居然從一片不屬於中國人的天空又回到了寶島。自然，你的回歸只像蜻蜓點水，一掠而過，有如許多被移植到另一種土壤上的植物，不過，你是樂於被移植的，在陌生的土壤上枝榮葉茂，而且不嚷嚷什麼「沒有根的」。至少，你和你的選擇之間沒有矛盾，不像有些人大嘆其無根而又樂於做無根植物，或是像某作家直歌頌社會主義國家而自己卻像一位公爵夫人，住在巴黎最豪華的第十六區。

　　當你的聲音自電線的另一端響起而且說出了你的名字的時候，我以為自己是在夢中。我說夢中，有雙重的意義：首先，我無法相信你會撥響我的電話號碼；次之，我驚訝於你音色之改變，改變得完全像一個陌生人。你說，十年了，許多事物都會改變。也許，對大多數人來說，那是一項真理，但是對某些人來說，時間並不能使一切腐朽。

　　是的，基於某種原因，你把這座山岡視為畏途，所以你想看我，但是不願上山，而是要我下坡。立刻，我婉謝了，因為假如我下坡，便是我去看你而非你來看我。奇怪！我居然拘泥於形式起來了，我有我的理由。你問了我許多問題，

全是關於飲食起居，甚至月薪數字，當我說出那個數字的時候，你問：「還夠吧？」該怎麼回答呢，關於那個太艱難的問題？如今，當我回答任何問題之前，我都必需對問題下個絕對的定義。「夠」字有絕對定義嗎？我很懷疑。假如說「夠」字的定義是餓不死，那麼大家的收入都夠，既然寶島上沒有乞丐；假如說「夠」是使人能為所欲為，那麼收入夠的人便寥若晨星。只是，在我的心目中，那一切都是不重要的問題，十分現實，全然公式化。我曾鍾愛的你屬於昨日，你曾經鍾愛的我一點也不曾被時間扼殺。在這種情況之下，再度面對豈非徒然？你也問起是否有談得來的人，在左鄰右舍之中。你原該知道要給你一個肯定的答覆是絕對不可能的。談得來意味著推心置腹，意味著對方能接受真正的我。我不說自己優越，但是確然與眾不同。我豈能希望別人用尋常的尺度衡量有別於尋常的真我？

那是多麼令人驚訝！十年之前，你我之間存在著一份深深的心契，一份全然的情感上的共鳴。縱令朝夕廝守，我們仍然有說不完的話語。縱令常相過從，你仍然給我寫甜甜的書信。十年之後，似乎除了寒喧便只有讓沉寂在兩個聽筒之間延續。一向，我認為人間最可笑的事物莫過於單邊的情感，也認為人間最不可能的事莫過於將感情改成另一種形式。在我的心目中，感情，它或是存在，或是消失，但不可能變為中性；它只可能是共鳴，決不可能是獨白。

　　記得有人說我是玻璃人，說那句話的人只指我的纖細的
外表，一碰就破。其實，除了易碎的胴體之外，也許是更易
碎的細緻的情感。玻璃人是經不起受傷的，一旦有了裂痕，
完整便失落。不過，我這個玻璃人，縱然有了裂痕，依然有
不變的部份：那是它的透明，它的純白。所以啊，我的音色
如恆，情感的細緻如恆。以不易面對變易豈非人間最無意義
的事？所以啊，與其面對而說著不同的語言，何如向法國詩
人維尼看齊？

　　沉默萬歲！

溪山夜月

　　很像一幀國畫上的題句,是不是?這是內雙溪,連蚱蜢舟也不能承載的,因為太彎太狹,而且亂石嶙峋。溪畔有一家餐廳,它的名字是「望鄉」。那是庭園餐廳,因為是露天的,有山溪,有魚池,有垂柳,有高樹,有奇花異木,像一個小小植物園。沿溪放著一些大小不一的餐桌。桌面是石板,兩根支柱也是。一塊一塊的根株或磐石則充當家具,上面放著小小瓦斯爐、鼎形香爐或是很別致的燈。有的燈罩像一個有飛簷的屋頂,翹起四個尖尖的角,把燈做成四角亭的樣子。因為燈罩是黃銅的,在夕陽下閃著金光。有些卻像棟迷你屋,宮殿式的,四面都是窗玻璃,中有燈火。餐廳的中央矗立著一個小小音樂臺,如你拾級而上,就能俯瞰餐廳的全景,遠眺四野的山光。

　　我就坐在一株不知名的大樹下,在一張雙人桌上。白日在死亡中,一鏡圓月正從樹隙間嬝嬝昇起。那正是黃昏後,我倆有約嗎?沒有,而且我決定了約會不再。也許,那才是一種永恆的約會。

　　所以啊！當今宵月滿，我決定扮演一次假想的約會，在
「望鄉」。曾經，我們一同認識過金山海岸。閤上眼，我依
然看見點點漁火。也曾一同遙望觀音山與淡水河在華岡道
上。明潭的景色歷歷在目，「廬山」的溫泉仍然在我望中氤
氳。土雞、玻璃菜和小魚依舊在舌上鮮甜，是不是？還有河
邊的垂柳，還有一段橫貫公路的幽邃。那一切都是「活」過
的夢，我決心打個休止符。而今日黃昏，我猝然有一個獨特
的意願，要「畫」一個夢，赴一次假想的約會。於是，我蓄
意不邀請任何伴侶，只抱著六弦琴，讓車輪把我載到了「望
鄉」。如今，我不再和你「活」一個夢，而是為你「畫」一
個夢。也許，那才是一種恆新的境界。

　　如今，我把畫布攤開，首先畫一張長方形的餐桌和一把
有鐵柵扶手的椅子。我坐下，放下六弦琴。在許多不知名的
綠樹中，我只能認出右手邊那株三角槭。再往左邊看吧！有
一株不知名的高樹，葉子的形狀很奇特，像一個多指的綠色
手掌。樹梢頭掛著一個圓圓的月，因為這是中元節的翌日。
月光下，我畫一些亂石的嶙峋、水的清涼和溪聲的琤琮。也
畫一隻九官的啼喚。是的，那是九官，不是八哥。上次來時
曾把牠誤認為為八哥，也曾驚訝於牠有別於八哥的亮麗：羽
毛閃著黑寶的光彩，如鉤的喙像是由珊瑚做成。再畫一些喬
木和灌木，有細葉的，有闊葉的。萬綠叢中，畫一個我，手

撫琴弦。也畫一個隱形的你,因為我不落筆,不蘸顏彩。因為不再是「活」夢,而是「畫」夢,於是你恆無形。如今,在餐桌上畫一焰蠟炬。燭臺是由五彩玻璃做成,被一個小小根株托住。再畫一盤 A 菜,你我都很欣賞的那種青菜,捲捲的,也很綠,我們曾經在雲霄大飯店吃過,是否記得石門水庫之旅?再畫一個鯉魚火鍋,有淡淡的酒味。

「今晚幾位,小姐?」侍應生問。

「擺兩副餐具,慢點上菜,我等朋友。」

在餐桌左邊,我畫一個由五彩卵石拼成的小型舞池。你是不跳舞的,但是我們可以聽音樂。聽了很久都不曾聽見一首你我都喜歡的歌,那是唯一的瑕疵。

「你們這兒一切都好,只是音樂太壞。」我說。

「並不是太壞,可能是妳學的音樂不同。」侍應生回答。

他走了。月亮由較低的一根枝枒昇向了較高的一根枝枒,清輝甚滿。我把一枝槭葉拉向眼底,端詳那些三角形。波聲永遠在亂石之間喧鬧,泛起白色流蘇,鬧得很詩意,也很淒涼。詩意,因為有水聲月色;淒涼,因為今宵只是『畫』夢。一隻小黃貓站在餐廳的邊緣上,以走索者之姿,且望向溪水,久久沈思。問貓咪:「為何故作沈思狀?」在我心目中,牠不該有心事。

「I understand……」我開始緩緩地唱，慢慢地攏撚琴弦。有好些日子了，我一直練著這首歌，似乎那是我唯一會唱也會彈的歌，似乎那是我唯一該唱的歌。不！我甚至只該唱前半段，因為我不希望你改變想法。

「If you ever……」我讓曲終弦斷，然後開始思索。不是思索，只是追懷一些話語和章句。

「不希望者永遠不失望，不失望者亙古無悲哀。」一個前輩女作家的話。不知道那是不是真理，我在嘗試就是。每天一封限時專送的盛況已經過去了，我不再窺伺郵箱。潘朵拉的盒子敞開著，讓希望也飛走吧。

「閉上眼睛就能看見一個影像就是快樂嘛！現實生活真的平凡單調！」一個很有深度的小妹妹的話，這正是我所做的，如今。

「千里共嬋娟」。我舉頭望明月。此夜此時，不知你可曾仰首在大岡山麓或半屏山前？

「妳的朋友還沒有來？」侍應生又來了。

「再等一等，也許南部的火車誤點了。」我一點也不覺得那是謊言，不過自覺是在扮演一齣悲喜劇。不是純喜劇，也非純悲劇。人生中原就沒有純喜劇或純悲劇。否定這種說法的人只是由於幻覺或是無知。

　　那侍應生談了一會就走了，雖說是大學裏來的暑期工讀生，卻是屬於大孩子的典型，深度距離他很遠。

　　月亮又昇得更高了，槭樹葉子老是展示它的三角。那株變葉樹好茂密，且舒展它的美學，有對稱的圖案，有不規則的花紋。有些葉子以鵝黃為背景，交雜著綠色的圖象。另一些以暗紅為底，鏤刻著深紅的脈絡。折下一片放在手心裏，我一向有雅賊的稱號。蠟燭油融得更多了，積成一個小小沼澤，也許不久就成灰了。節日之後必有灰燼！

　　舞池上方那盞旋轉燈灑落一些光點，游移不定，令人想起狄斯可，而你是不跳舞的。

　　「妳的朋友還沒有來？」侍應生又來問了。

　　「啊！他是軍官，也許沒有請准假。我先點菜好了。」
「要點什麼？」

　　「Ａ菜和活鯉魚。」

　　「要不要酒？」

　　「不要。」我想及你的胃炎，可曾收到「我要健康」那塊剪報？

　　月亮又昇得更高了，能有對月懷人的心情就好。「對月已無人可憶」是死水的意境，我一直歡喜漣漪。在任何情況之下不讓漣漪平息，也許就是你所說的「巍峨的愛」？菜上齊了，我竟然覺得那是一頓很有情調的晚飯。鯉魚火鍋甚鮮

甜，A 菜也是。加上你假想的在場，我居然不覺得寂寞或是奇怪，吃得很從容，幾乎費了一小時。蠟炬完全滅了。一陣陣晚風吹寒意，又是秋天了。而秋天不是我的，我活在季外。不久，三個侍應生一同來問，門口等著的是不是我預定的計程車？其中的一個主動地為我拿了吉他。

「妳好！」那隻九官說，當我跨入戶內餐廳的時候。然後牠就保持緘默，儘管我逗著牠。

「牠會說很多話。」廚師告訴我。

「啊！那牠為什麼不說？」

「要慢慢欣賞。」

而我不能再慢慢了，司機在等著。

就這樣，我度過了一個獨特的夕暮。暮從「望鄉」出，山月隨人歸。月色是無邊的，一直伴我回到家屋，然後又照滿西樓。而我的前廊正是西樓。

一如你，我近來也常常追憶「廬山」行，尤其是在有山月的夜間。過去的情景雖不再，此夢難忘懷。

近來，我也常常凝眸，向廊外那列青色山脈。我們相逢，我們相夢，就在這青色山脈。我愛這片青色山脈，它象徵永恆的存在。

曼陀鈴小夜曲

　　橘黃的、翠綠的、淡紫的、火紅的、鵝黃的舞臺列燈照耀著，把一泓一泓的五彩光反映在天花板上。電節拍器敲響著均等的節奏，琴韻也飄浮在餐廳的每個角落裏，水柔柔地。你剛唱完了 Moon River，用令我忘卻人間一切卑污的音色。幾個月來，我偏愛的曲子都點過了，於是遞給你一張頗有彈性的點唱單：「你會不會唱小夜曲，任何一首？」你不會，卻把點唱單轉給了琴師。他彈了「愛情小夜曲」，Toscanini 的作品。

　　下了節目以後，你走向我的卡座：「小夜曲太高了，怕唱不好。」

　　「也有不太高的，小夜曲畢竟不是詠嘆調。」

　　「哪一首？」你似乎很感興趣。

　　「我去找找看，」我說，一面又加了一句：「其實，你可以試著唱唱小夜曲，你的聲音好美好柔又不俗。」

　　「妳家有很多歌嗎？」

　　「我家裏有好多歌。」

　　「也有唱片囉？」

「是。還有朋友從美國供應。」

「那麼都是原版唱片囉？」

「不，原版唱片太貴了，我的意思是有朋友從美國供應『歌曲集』。」

就那樣，我們分手了。我歡喜蜻蜓點水式的聚合，如今。是距離幻化成美，我如此肯定。

最近，在一次夜宴上，一位小友說：「妳怎麼越來越年輕？好像是倒過去活的。」其實，一定是因為我近來體重略微增加了，面部顯得比較豐滿，也就減少了幾分憔悴；也因為那天是出席晚宴，在化粧術上多費了一點功夫。至於說生理上倒過去活，那怎麼可能呢？不過，從心靈上說，倒有可能，因為我越來越不能忍受現實加之於人的早衰。如今：G.G.或 J.在我的心目中都比我老多了，儘管他們身分證上年齡欄裏的數字都比我少了許多。從前，我嚮往「活」一個夢，如今，我只歡喜「做」一個夢。而一般人都認為夢是年輕人才做的，我豈非倒過去活的，在心靈上？

從「活」一個夢到「做」一個夢，那是一大轉變？為什麼會有那個大轉變？還得歸功於法國新小說家瑪格麗德·莒哈絲。在一本作品裏，她有如是的句子：

「只剩下懨懨的煩倦，沒有什麼比煩倦更令人驚訝。每天，你總以為到達了煩倦之止境，而那不是真的。在煩倦之

深處，老有一個新的煩倦之源。偶爾，我在黎明時分醒來，看見無邊的黑夜逃逸，面對正在來臨的，有侵略性的白天。鳥歌進入臥室之前，有一份濕潤的清新，而同時，你卻在其中發現一種新的煩倦。它只是比前夕從一個更遠的地方來到，因為隔了一天。我把自己禁閉在寂寞之宮，與煩倦為伴。」

上述的一段話詮釋了瑪格麗德‧莒哈絲的愛情觀，她認為，對一個女人來說，若要自「生之煩倦」中走出，唯一的路是對「絕對愛」之尋求。而她卻又深知，絕對愛（即毫無瑕疵的）並不永在。全然的身心契合只像雪花之瞬間閃耀，太陽昇起就開始融化，與泥塵混和。

是的，愛之初必然是濃郁的、強烈的，幾乎是絕對的，導向婚姻——被公認的愛之峰頂。而婚姻畢竟是社會行為，其中必然有人際關係之介入，現實生活之煩瑣的介入，對家庭的責任之介入。縱然愛情在表面上沒有變質，實際上必然轉為淡淡的親情。假如為人妻者（我強調為人妻者，因為一般說來，男人不把愛情視為生活之全部）在婚後仍然一味嚮往初戀之絕對，她必然會感到失望，剩下的從而只有懨懨的煩倦。於是有了「波法利夫人」式的女人，繼續等待，等待一份可歌可泣的愛情之來到。不過，那種等待也是徒然，因為繼之而來的愛情之絕對性也只可能是短暫的，由於許多先天的或人為的因素。所以啊，絕對愛只可能是羅米歐與茱

麗葉式的，因為雙方之死亡阻止了任何事物沖淡愛情之絕對性。

　　常常，有許多年齡不同的，性別不同的，身分不同的讀者歡喜把我做成愛情「生命線」。當他們徘徊於感情之絕壁的邊緣上的時侯，他們就撥響我的電話號碼或是在書信中把我作成傾訴的對象。加之，許多雜誌也會把我作成訪問的對象，當他們想開闢一個愛情專欄的時侯。而我的回答（或是忠告）一定令他們失望：真正的愛是一無所求，該是培養一分戀愛的心情，該是永恆的等待而非殷切地期望有所獲得，因為獲得是現實的同義字，而現實卻是絕對的反義字。

　　如今，就讓我用曼陀鈴小夜曲做個例子。追求愛之絕對的人必須懷著我把曼陀鈴小夜曲寄給你的時候的心境。那種心境是朦朧的，不能加以明確的界說。首先，我只是寄出了兩份影印本，一份給你，一份給你的伴奏人，加上一紙小小附言：「這是一首音域不太寬的小夜曲，旋律優美，也很抒情。」我只是寄出了那首小夜曲，並沒有說希望你在節目中演唱。也許，我只是帶著一分淡淡的期待，期待你唱。可是，一旦你真的唱過了之後，期待便終止，等待能帶來的悅樂亦然。收到了那首曲子之後，你說：「我和琴師配配看。」那像是一份承諾，但我並不把它視為承諾，於是，對我來說，你是否履行那分承諾並不重要。若你履行那分承諾，帶來的只是一分無法持續的驚喜，否則也不會帶來失望。

　　另一次，你問：「今天唱得還令妳滿意嗎？」恰巧，你的伴奏人也在一旁，他加了一句：「曼陀鈴小夜曲，我們一人唱一半，也許下次。」他的話似乎更像承諾，因為他加了一個渺茫的時間。我說渺茫，因為「下次」並不真的代表一個確定的日期，像某年某月某日那樣。至今，那首曲子還只是停留在「配配看」和「下一次」的狀態中，它既不帶來無法持續的驚喜，也不帶來失落感，而是令人永遠等待。所以我說，尋求愛情的人必須懷著我寄出曼陀鈴小夜曲時的心情。

　　另一次我們談得比較深長，我幾乎讓你分享了我的積鬱和霉運。聽完了我的傾訴，你說：「我認為妳不該採取這種與世無爭的態度。一向，我覺得人活著就該競爭，不要做使親者痛仇者快的事。」然後，你提出了一個奇怪的建議：「妳作曲，我來唱。妳不奮鬥，我幫妳奮鬥。」當時，你那句話也許只是無心地滑出口的。當時，我也只是聽聽而已，不曾認真。也許，就是因為不曾認真，我才真的寫了第一首詞曲，又再寫了好幾首。奇怪的是，我的曲子，就像我的書，也是無法流行的那種，這原是瓦釜雷鳴的世紀。自然，我寄了兩首曲子給你，可是並不曾真的希望你演唱，雖然我希望聽見一些評語。而你仍然是那句話：「讓我和琴師配配看。」其實，那分希望也是淡淡的，因為你和琴師全是忙人。倒是，我朋友之中的一位聲樂家有如是的評語，對那首作品：「這

首曲子仙氣很重，而且並非等閒之輩所能唱的。」我知道那不是假恭維，因為他也提供了一些修正，很誠懇的。如今，我發現「誠懇」愈來愈少了，在人間。地球旋轉著，人旋轉著，圍繞著功利主義之軸心。在繁縟和利欲之中培養一分淡淡情懷就是我最大的奢望。能有一分淡淡情懷支持著我，鞭策著我，使我不至於感嘆對月已無人可憶也該算一種幸運。

　　前些日子，艾梅從美國寄來一張唱片，其中有我當年很迷的一首曲子：「The very thought of you」。歌詞裏有如是的句子：「我活著一個白日夢，快樂得像個君王」。我也曾「活」過幾個白日夢，陸續地。夢醒之後，剩下的只是懨懨的煩倦。如今，我不再希冀「活」一個夢，而只是歡喜「做」一個夢。每隔一段日子，我會把腳步移至你所在的地方；遠遠地，凝望一下你的側影，傾聽著自你唇邊滑落的美好音符。然後，我讓記憶變成一幢古屋，你的音是美麗的幽靈，出入其中。從前，我老愛唱：「讓我撥開雲霧重重，迎接你在晨風中，讓我揮去夜色濛濛，告訴我這不是夢」。如今，我已不再嚮往那種情懷而是永遠期待你唱一首歌——曼陀鈴小夜曲，卓別林寫的。

低語

看見「跳躍的音符」中收入了我兩首詞曲時，一位友人來信說：「妳是才女，很難想像除了寫詩寫文之外，妳還會填詞譜曲。如今，我建議妳去學畫，將來便有一幅這麼怡然自得的風景，在廳堂裏：牆上不懸畢卡索，不懸梵谷，不懸夢內，而是掛妳自己的作品。妳坐在沙發上，抱著吉他自彈自唱，唱妳自己譜就的歌，用低柔的或亮麗的嗓音。」

可是啊，芭琪‧必須供認，我是一個全然沒有繪畫細胞的女人，我用我精通約三種語言如此肯定。少小之時，曾經跟祖母學習國畫，一無所成；進入洋學堂之後，老師教我西畫，又是不得其門而入。自始，我不曾畫像過任何東西，連畫張桌子都不知道把四隻腳如何安放。也許，我可以畫一個夢，因為超現實主義宣言中有如是的句子：

> 必然有那麼一點，在那點上，現實與夢交會，
> 虛即實，真即幻，反邏輯地。
> 那麼，就讓我畫一個夢，超現實的。

水

如今，且把純白的畫布釘住，在畫板上。

不畫海濱，不畫江頭，不畫湖邊，不畫溪畔。畫一個室內，但有一片水，透明，無色，不反映天空裏任何顏彩及幻變。然後，在水湄畫一頁歌譜——卓別林的「永恆」。

第一次聆聽你，彷彿覺得是置身於一片水聲中。你的音或潺湲如溪水，或淙涓如湖水，或浩蕩如江水，或澎湃如海水。

第一次聆聽你，是由蟬歌、蛙鼓、蟲唧構成的八月，是熾白的無焰燃燒的八月，是火傘高張的八月。為了逃避沒有傾斜度的屋頂下的高溫，我奔向了鬧市中的一家音響咖啡屋。在那兒，一切如水。室內的氣溫使焦灼的夏天冰涼如水；琴韻從鍵盤上流瀉到四面八方，清澈如水；你的音波盪漾開來，瀰漫開來，或琤琮如水，或洶湧如水；一片水聲中，我們相識了，由於卓別林的一曲「永恆」。如今，我把一種新的定義給予永恆：是現實與夢幻之交會及界線構成永恆。

再畫一個我，沈吟於水湄。當水聲響起，你如水的音永遠繚繞於我身畔，迴響於我心深處。水聲是你的音，你的音與水聲交錯。在蟬聲的喧嘩中，在炎熱的仲夏裏，幻畫你的音波，我遂感到清涼。

月

且在調色板上，調一抹梵谷的黃。橙黃是室內的燈光，燈光是一抹橙黃的月色。

我是夏日裏一朵純白的蓮，熾熱的陽光令我畏怯，令我惺忪地合瓣。而微黃的月將我喚醒。於是白蓮舉首，凝望月色，帶著羞怯和不容表露的顫悸。你的眸光是月色，你的音是水，於是白蓮舒展皎潔的複瓣，在月光下，在水中央。

鏡

畫面上的孿生鏡是你的雙眸，水晶面上反映著兩個迥異的我。

每隔一段日子，總有一具孿生鏡照映著我，然後水銀剝落，變得依稀朦朧，或是水晶面完全破碎，不再反映我的任何一面。我再也望不見自己的形，看不見自己的蘊藉。我遂靜待，佇後，等另一副孿生鏡之形成和顯現。

這一次，我要站得遠遠地，唯恐偶一不慎會使鏡面碎成片片，再也反映不出我的形象，莊敬的或典雅的，獨立的或偎依的。

　　是的，再畫一個樂臺，把孿生鏡掛在樂臺之高處，掛在不容小巧的我觸及的地方，玻璃是易碎物，不該觸及。

花

　　有些植物的名字很是浪漫派，像甜心樹，像熱情果，像憂鬱董，像相思花。

　　年年，當五月來臨，深綠的相思林就用一束束的金染黃這一片山岡。所以啊，別忘了畫一株相思樹，在畫布上。

　　如今，這幅畫面已經完成。由於透視學原理，請稍稍退後，瞻觀那幅畫面。有水，有月，有鏡，有花，有我。

　　我是一株超現實的相思花，永遠繁開，為你，在五月，一如在嚴厲的冬天。

週五，薔薇色的

　　原可能是一個黑色的週五，儘管不是十三日，也沒有遇見黑貓。原可能是黑色的週五，因為沒有傾斜度的屋頂累積著太多窒人的燠熱，因為高樹巔上響著煩人的蟬唱，因為令人不能氣定神閒的日子容易勾起黑色的聯想，我也從而覺得存在是一種廢墟。所幸，在這種時刻裏，為了避免使自己陷入精神癱瘓中，我總是致力於在廢墟上培植花朵。於是，我決定了要把原可能是黑色的週五變成薔薇色的，靠了創造，靠了用美美的事物把心靈世界精緻地裝飾起來。而這一切不是我單獨地就能作成的，必須有個美好的同謀。所幸，夢之花凋萎之後，竟然出現了一個能糾纏著我的記憶的你，由於你終生繞樑的音，由於你對我的激勵。那種激勵使我步向進境，使我能譜出「我」的「新世界交響曲」，假如我是科班出身。而我不是，於是我只有能力譜一點清純的小品，譜一點優雅的旋律。對我來說，譜旋律真是一種無心柳，而且，很不預期地，在短短的時日裏已經成了濃濃的蔭。也曾在「我唱我歌」那個專欄裏投過稿，那專欄的主持人對我的讚語和評語很是慷慨。我問「女性」刊不刊詞曲，那青年編輯不但

欣然為我開闢一個詞曲專欄，而且建議在詞曲之外配上一篇
很像女人的散文詮釋旋律的背景。另一份雜誌向我約稿時也
給了我一方同樣的園地。所以我說，在我譜曲的過程中，一
切都順利。

　　記得在做新鮮人的日子裏，校方聘請了一位美籍牧師擔
任我們的英文演說課程。在第一天上課的時候，他有如是的
開場白：「我做夢也沒有想到會做大學教授。」同樣地，我
做夢也沒想到過要譜曲配詞，儘管我一向對歌唱很是著迷。
怎麼會突然有了譜曲那個念頭？那得歸功於你的一句話。因
此，每逢我譜一首曲子，思維總像一隻具有雙飛翼的彩鳳，
恆飛向你。每逢思念飛向你，我總懷著一份清純的情愫，也
懷著一份感恩節的心情，因為是你使我步入了音符編成的世
界，因為是你使我日新又新，我最不能忍受心靈的僵化和生
活的單調。於是，在這個原可能是黑色的週五，我首先譜了
一首「昨日，再見」，其中有如是的一段歌詞：

　　　　再見吧，昨日再見
　　　　我正走向明天
　　　　明天是一個無瑕的夢
　　　　只有默默的幽思深重
　　　　讓我扔去枯黃的相思花
　　　　且品味一朵薔薇的新紅

　　最近，畫家詩人席慕蓉出版了一本書，題目是《畫詩》。
她每月在一份雜誌上發表一首新詩，配上自己的插圖。而我
是一個沒有繪畫細胞的女子，不諳油彩，不識丹青，不會勾
勒線條，總之不會用畫面表達自己。於是，我嘗試著「譜」
詩，就像席慕蓉「畫」詩。半年來，我譜了不少美的旋律，
斷斷續續，配了不少詩篇，先先後後。而你才是我譜曲的原
動力，一個新的靈感之源。每逢我把一首小詩變成音符，情
智便轉向樂臺上的你，那是很邏輯的。

　　譜完了「昨日，再見」之後，熾熱的週五依然遠離著尾
聲。我必須再設法為剩下的時辰染點顏彩，以任何美的方式。
翻開一份副刊，頭條小說的題目是「唱首快樂歌」，而且配
了一幀彩色插圖。如今，一切和音樂有關的事物對我來說都
有了一份空前的吸引力，在識你之後。

　　副刊上那幅插圖使我聯想到積存了多年的皇冠雜誌，由
於其中許多精美的插圖。於是，我把那一堆雜誌找出來，一
本一本地翻，從第一頁到最後，把一切和我的曲名有關的圖
片全剪下來，為了要做一本精緻的圖曲並茂的剪貼簿。整個
上午便在剪畫中度過，很是令人忘我，也很是令我懷人。

　　之後，我取出了那本冷藏了幾個日子的剪貼簿，開始把
發表了的曲詞貼入其中。那只是一本很尋常的剪貼簿，我該
憑自己不俗的品味加以美化。大紅色的封面上有兩個英文字

「scrap book」，很不藝術。我用五個飾以花邊的藝術字「永恆的讚歌」把那兩個英文字覆蓋起來，下面再貼上一隻白色與紅色線條勾畫成的鳳凰。我是有靈翼的鳳鳥，恆飛向你。

翻開封面，懊惱地發現背面印著一些格子，且有另一種英文字：index description……。我用一幀大小中度的鋼筆畫掩蓋了那些格子和英文字，畫題是青春。你是比夜鶯唱得還更迷人的青春，能用你裝飾剪貼，我誠何幸！

第一頁，我留了全部空白，只在右上角貼了一個翠綠底純白字的橫條：「這是她的夢」。是的，一向我愛對鏡，沿著很希臘的鼻樑把自己切成兩半；大我與小我或現實與夢。如今的夢來自你，我要好好珍惜。所以啊，偶爾與你面對，我總是臨淵履冰，如此翼翼。

在第一頁的背面，我只在左下角貼上「女性」為我的文、詞、曲專欄製作的版頭，色調是淺灰、純白、深黑，很是素雅，專欄的題目是「弦歌小語」，配上一幀小小插圖：一柄吉他，背景是一個黑色的正方形。版頭的左邊是刊出了的第一首曲子的名字：星光小夜曲，由大號的空心字寫成，斜斜地印著，很不呆板。

第二頁的左上角，我貼了新副的頭條小說插圖，並非由於畫面的優美，而是由於那五個橘紅色的字；「唱首快樂歌」。然後，在同頁的左下角，我貼了「星光小夜曲」的詞和譜。

端詳著「唱首快樂歌」那五個字，我向自己提出這個問題：
「我快樂嗎？」答案啊，在我的歌詞裏，在我的旋律中。

　　如今，請倒翻過去，翻到第一頁的背面。一定是因為我
的剪貼技巧欠佳，背面上都凹凸不平。為了掩飾那些崎嶇，
我貼上一幀「沉思的女孩」的側面畫像。畫像下面，再貼上
一張藝術卡片，其上畫著一個太陽（或是月亮），背景是雲
天，且有如是的句子：「讓祝福，如月之恆，如日之升，永
遠帶給你快樂。」沉思的女孩是我，在默默的思念中向你說
出那個句子。

　　第二頁上貼著我發表在《大華晚報》上詞曲專欄中的「時
光」，主持人黑山先生給了我一個粉紅色的標題。「胡品清
的第一譜」。他的讚語和評語都很客觀，使我受益也給我信
心。畢竟，白底黑字的報紙太黯淡了，何況歌詞和旋律又很
莊嚴。為了構成一種強烈的對比，我在詞曲的左邊配了一幀
鵝黃與橘紅交雜的畫面：時鐘。第二頁的反面、我貼了這一
幅畫：一個穿淡青衣裙的女孩坐在窗前，拿著吉他自彈自唱。
背景是窗外的山山樹樹，綠蔭濃濃。她正在唱貼在第三頁上
的那首歌吧？題目是幽情。

如今，請翻到第三首的背面，我貼了一幀世界名家攝影。那
是一個沉思的女孩，神情很落寞。照片上，有如是的句子：
「遇上他的那日，心中開始有了秘密。」一如我。一如我，

認識你的那日，心中也有了秘密。只是，當多量的歲月在我
身上流過之後，我有了一項絕對的憬悟：是距離幻化成絕對
的美，我也決定了讓距離幻化成美。因此，我不會說出你的
名字，也只向你唱出這首無聲之歌：

> 我有一個小秘密
> 深深蘊藏在心底
> 不敢向人說及
> 只敢告訴小溪
> 當溪水潺潺響起
> 請你傾聽那秘密
> 我有一個小秘密
> 深深隱藏在心底
> 不願向人表霹
> 只願向風傾訴
> 當松風蕭蕭吹起
> 請你傾聽那秘密

其實，我真正的第一譜並非「時光」，而是刊在「跳躍的音
符」中的「你的音」。歌詞是這樣的：

> 奔向山林
> 為了逃離你的音

奔向流水
為了逃離你的音
哎哎哎
樹梢響起一片鳥歌
歌珠是你的音
小橋下山溪橫臥
你的音潺潺流過
如練的瀑布瀉入一潭澄碧
飛湍裏
你的音琤琮響起
山林是風的寓居
你的音是神曲
風飄處處聞

打從初聞的日子起，於今已是多年。你的音，即使遙遙，依
然在我心深處迴盪不絕。風聲也好，鳥歌也好，蟲鳴也好，
溪流也好，一切都喚起你的音。也曾試圖不把自己的腳步移
至你所在的地方，但是徒然。你的音仍然包圍著我，處處時
時。一位音樂評論家說：「愛美是道德」。果爾，為什麼逃
避你美好的音？記得在做新鮮人的日子裏，我美好的歌聲是
室友們病中的良藥。如今，你美好的音色治療我心靈的創傷。
於是，我在「你的音」的左上角貼了一幅印象派畫面：一個
奔向山林的女孩。她也是去山林中尋求寧靜逃避思念嗎？她

一定不能做到，如我一般。其實，逃避並非最好的政策。如
何使美好的情愫，如何讓純情的思念引領你步向進境，那才
是建設性的。

　　貼完了發表過的四首詞曲之後，我翻到了封底的背面。
那同樣的方格子和同樣的英文字又赫然在焉，實用性破壞了
藝術氣氛，我必須想個法子美化那個缺陷。猝然，我記得曾
經把席慕蓉的一首詩「給你的歌」譜成了旋律，適合女高音
唱的。我把曲子給她過目以後，她說：「好好聽啊！我從六
點唱到九點。」也許，那並非說我的譜曲技巧真是那麼高超，
而是因為那首詩和配詩的畫述說一個舊夢。我必須說，她也
是一個敏感的女孩，但是比較幸運，因為她既擁有美滿的現
實，而她的另一半仍然有足夠的風度允許她用舊夢裝飾她的
心靈。於是，我把那幅「給你的歌」從皇冠上剪了下來，貼
在封底的背面上。有一天（那時，我必然已經撤自人間的記
憶），翻完那本剪貼簿的時候，你會看見題名為「給你的歌」
的那幀畫面。那幅畫會向你述說這一點：為誰譜就新聲。

　　貼好了所有的圖片，貼完了已發表的詞曲，已是日落時
分。書窗是畫框，框住一幅印象派畫面：天空是畫布，塗抹
著淡青、橘黃、淺紫、翠綠、緋紅與鵝黃。一仰首，我被那
幅天然油畫迷住，一俯首，我被自己的剪貼感動，一追憶，
你的歌聲在我靈耳中悠揚響起，清澈如溪流。就這樣，我有
了一個美好無雙的週五，薔薇色的。

感情的休止符

「我若能說萬人的方言並天使的話語，卻沒有愛，我就成為鳴的鑼、響的鈸一般……」

在樂章裏，有休止符；在畫面上，有最後的筆觸；在故事裏，有結局；在事業上，有倦勤；在人生道上，有最後的里程碑；因此，在戀之交響曲裏也該有休止符。我選擇了你靈智的卓越和那份罕有的心契作為感情的休止符，我的情思的樂章的境界之高雅該是等同貝多芬的「命運」和柴可夫斯基的「悲愴」。這是我在一個白色之夜的靜寂中涓涓地傾瀉出來的心泉。

那夜很凜冽，窗外的風濤正洶湧澎湃。那一整夜，睡神都遠離著我。聽著那種滾滾風濤，我靈海中的潮汐卻是異常平靜。時鐘敲響子夜的時刻，我披起了睡袍，穿過夜氣的清冷走向廳堂裏的彩燈明滅中拿起了來自你的 Quellen romischer Weisheit。那是一本裝潢精美的手冊，其中有遠古的名言和圖象。扉頁上，有你娟秀端正的手跡，除了我，沒有誰能瞭解那句話語的涵義。之後是那個印璽，我因那兩個象徵永恆的篆字的古典而感驕傲。那本纖麗典雅的小冊子是由二十一張紙頁構成，每頁都刊載著聖哲的錦句；飾以朱紅的或多彩的圖象。

　　恬靜清明地，我在書桌面前坐下來，開始展讀那本小冊子，一頁又一頁地翻過去，像剝冬天的筍。你知道，屬於你的國度的語言我仍無法全然掌握，但是並無需字典就能悟出每句名言的要旨。

　　在那本小冊子的第三頁上，我遇見了古羅馬的馬克奧雷爾王。在馬背上，他向我說：「請別忘記──人只需要少許就能過快樂的生活」。那就是中國人所說的知足常樂吧。在此夜深，我帶著感恩節的心情向你說：三年來，我畢竟是快樂的，由於我心深處積聚著許多來自你的少許。第四頁上，我看見一幅圖象：一個尖頂圓柱的舞台，有三個優伶和一條扭曲著身子的蛇在其上。古羅馬作家恩尼吾斯告訴我說：「不要等待別人為你做你自己能做的事」。那一定就是在我們初見的日子裏你一再向我說的：「當妳能做到一個獨立的女人的時候，妳將會是完美無雙」。第九頁的上部是一列朱紅色的幾何圖案，彷彿藻井模樣。又一度，我面對著馬克奧雷爾王。他說：「當命運把你和一些事物連結在一起的時候，請你使自身適應那些事物；當命運把你和某些人連結在一起的時候，請愛他們，由衷地。」是的，命運曾使你我遇合，即使是短暫的。但是我會聽從馬克奧雷爾的話語，全心全意地。記得在一個夜間，你曾猝然問我：「我們相遇了，為什麼？」我不曾回答那個問題，因為我覺得一切發生過的都會是美好

無雙，像白璧之無瑕。在第十一頁上，我遇見了一位美得令人心悸的幸福女神，面對著我的是她飄飄然的背影。淡綠色的背景上是她的祖肩露臂的衣裙，藍色和咖啡色交雜的。她的左手拿著一個豐饒之角，右手則在採擷一株草本植物的繁花。那幅畫的右上角是古羅馬政治家西塞羅的話語：「對戀者來說，沒有什麼是艱難的。」是的，為了你，我會克服自己那最難克服的艱難。第十四頁的上部是兩個紋章，飾以色納卡的話語：「假如你是聰明人，請把這兩回事交融在一起：別只希望而不懷疑；別只懷疑而不希望。」關於這句話語，我該採取什麼態度呢？對於你，我自始就是這樣。曾有多少次，我希望聽見你的履聲在我門前響起而同時又懷疑你會真的出現在我望中。同樣地，我懷疑你會出現在我望中但仍然希望、期待，像等待果陀。該看第十五頁，那是一幅壯麗的畫面——一條碧綠的河流，有一個多柱的羅馬式廟堂倒影其中，做成兩個廟堂的樣子。馬克奧雷爾告訴我們說：「誰享受過去，誰也活兩次。」他說得一點不錯。由於你賦予我的一切，我將永遠活兩次，直到脈搏靜止的時辰。第十八頁的上部是兩枚紋章，飾以色納卡的話語：「貧乏的人並非擁有很少的人，而是慾望太多的人」。因此，我是富有的，因為即使你給我最少的東西於我即是寶藏。良知告訴我說，對於你，我是沒有權利苛求的。

　　讀完了那本冊子，我猝然悟到我是世界上最富有的人，而且不是鳴的鑼、響的鈸一般。面對著那本小冊子——我的聖經——我立下這個志願：選擇你的卓越，你的靈智、你的美好做為我感情的休止符，在這個白色之夜。

雕花蠟炬

　　夜在開始，無月也無星。我蓄意不扳電燈的開關，為了看暝色漸漸移至、變濃，侵襲著廳堂裏每個角落。然後，我摸索著走向那個堆滿了圖書、雜誌、畫冊、詩刊的鋁質書架，古銅色的，自其上拿出了那枚長方柱體的雕花蠟炬，草綠色的。我刮了一根火柴，讓那枚還剩下一大半的蠟炬開始燃點。燭影搖紅中，不再見你。它只照明廳堂裏那方白色空間，那具黑色的電唱機，那幾堆古典的、浪漫的、現代的唱片，那四本民謠吉他集，那一具六弦琴（如今是代替你的伴侶），以及眾多的由四種文字寫成的書籍。

　　那是一枚既精緻而又不俗麗的蠟炬，長方柱體的四個面上雕刻著一些像蛇紋木的嫩葉的圖象。葉莖是挺直的，葉子的尖端尚未舒展，鬈曲的，像綠色的雲鉤。那是一份聖誕禮物，我也一直捨不得把它燃點。有一年多了，它一直被安置在那個書架上，做裝飾品。每逢颱風在夜間把電線吹斷，把雙溪新村做成一座深深的塋墓之頃，我總是燃點另一種普通的白燭，我經常儲藏一包那種尋常的蠟燭以備不時之需，如颱風夜，如電燈有了故障的夕暮。

　　記得首次燃點那枚雕花蠟炬的時候，是在你為我織夢之初的一個夜間。那時我小病初癒，你專程從南方趕來看我。為了慶祝那份美麗的驚喜，我們滅了所有的電燈，用蠟炬製造一種很十九世紀的情調。事後，我還寫了「何當共剪東窗燭」，被收集在那本題名為「夢之花」的集子裏。如今，那枚蠟炬已失落了當初的完整，像一個缺了口的綠色花瓶。然而，在我的心目中，那枚蠟炬仍然美好如初，因為依我很主觀的看法，美並不全然寓於客觀的物體，也不全然寓於個人的審美觀，而是寓於物和心靈之間的關係。假如純然客觀地說，殘破了的藝術蠟炬便不再美麗，因為它是一件破敗了的物品。假如純然主觀地說，我也不會覺得一枚殘缺了的藝術蠟炬美麗，就像我不會珍惜一個缺了口的花瓶。然而，我如今仍然覺得那枚殘餘的蠟炬美好無雙，甚至比完整的時候更為美麗，因為它的初燃和我的心靈之間存在著一種關係，橫臥著一座橋樑。那橋樑曾溝通兩顆心靈，曾連接我所在的北地和你所在的南方。

　　今夜，五月的一個無星也無月的純黑之夜，我蓄意不扭開那具檸檬黃的立燈，也不扳開那耀眼的，被釘在天花板上的日光燈。今夜，只有你永恆的影子伴我的今夜，又一度，我點著了那枚不再是初燃的蠟炬。燭影幢幢中，我不是和你共剪，不是和你面對，而是讓那火燄的紅照亮一份永恆的記

憶，照亮一個我真正活過的夢，照亮你為我創造的一則曠古絕今的傳奇，照亮一則有悲劇瑕疵的故事。

科學昌明了，寶島的工藝品也從而臻於完美。那是一種專供外銷的蠟炬，造型優雅而且蠟淚不流。假如杜牧依然活著，他便不能用修辭學上的擬人法說：「蠟炬有心還惜別，替人垂淚到天明。」假如李商隱還活著，他也不能有如是的句子：「蠟炬成灰淚始乾」。思至此，我猝然悟到我該向那枚藝術蠟炬看齊。我只該燃燒自己，耗竭自己，而且在賦別的日子裏，不該因眷懷而潸然淚下。眼淚是美麗的，像珍珠，像露水，像梨花帶雨。然而，在專屬於你我的獨特情況之下，我的眼淚便是你的心靈負擔。

俊俏卓越而又年輕的你曾以數百個工作日為我創造一個玲瓏夢，一座童話城。我留下的原只該是最美好的部份。你曾在贈書的扉頁上如此要求，我也曾如此肯定。面對著那枚不流淚的蠟炬，我猛然省悟，我只該燃燒自己，為了學習。學習強烈地生活，無畏地生活，不追悔地生活，有用地生活，美麗地生活，像蠟炬一般發光地生活，成灰，生煙，但不流淚；學習承受痛苦為了更能體驗快樂，學習品嚐別離的苦澀為了更能回味遇合的醇甜，學習把握有限的人生為了更能面對一件不可逃避的事實——你我無法「一同」走到一條路的盡頭。

今夜，我終於瞭解蠟炬向我說的一句話語：接納生活，體驗生活，喜愛生活，投入生活。既然我們分享過的生活只可能有夢之屬性，我甚至該勇敢地面對以及美麗地歌頌生之夢的矛盾面。

是的，今夜，在燭影搖紅中，我為自己寫下一個座右銘：迷信藝術、迷信夢、迷信美的我必須燃燒自己且不流淚，既然那枚藝術蠟炬燃到生煙，燃到成灰，但不流淚且照亮他人，直到油枯。

心園

　　信箱裏有一封限時專送，來自一位女友。她說：「妳是福人，住在一個大花園裏。」

　　我是不是福人？回答要視主觀而定。至於陽明山是不是一座大花園，答案該是肯定語，從任何角度而言。

　　記得在香水城的那段日子，入冬以後，木葉盡脫，每一棵樹都伸出光禿黧黑的枝枒，像一具一具的骷髏。多麼陰森悽厲的景象！

　　在寶島，儘管冬天的溫度很低，尤其是在陽明山上，但樹葉依然青翠如恆。即使在最嚴厲的冬天，放眼望去，依然是一片蔥蘢。至於花，因為綻放的季節各有不同，幾乎可以說是山野四時花不斷。完美是稀有的，在人間，而我居然覓得了一份完美，識你之後，也從而會珍惜那份完美，歌頌那份完美，永遠永遠。由於那份無瑕的回憶，我靈感之源將永不枯涸，不論是作曲或是寫文。由於那份無瑕的回憶，我能忘卻我曾經認識過的許多拂逆，忍受過的許多委屈，遭受過的許多誹謗和傷害。一言以蔽之，那份回憶能使我化暴戾為

和祥，能使我在廢墟上培植花朵。加之，由於那份回憶，我
才真正了解「塞翁失馬」那句諺語的真諦。

因此，我要珍惜那份回憶，滋養那份回憶，「花落花開」
那張影片中有一句很有深度的對白：「人永遠活著，除非我
們要他死去。」我說，回憶永遠活在心底，除非我們要他煙
消雲散。

對你的回憶是一株心樹，我要護惜，我要灌溉。換言之，
我要把自己做成一名培養心樹的園丁，讓那份回憶永不褪
色，永遠青翠。於是，將有一株恆綠的心樹，在我內裡。

且讓芳草染點斜暈

　　今天向晚，在我讀書的窗口，有一列迷人的風景：原是一方尋常的草地被一抹斜陽渲染得金碧輝煌。且設想那麼一幀圖像吧！一片溶漾在斜陽裏的草地，黃金其外，碧玉其中，那該是宜於裝飾頤和園的，那該是適於綴飾凡爾賽的。是由於綠草之芳才增益了斜陽的光華，抑是由於夕陽之璀璨才使芳草閃著翡翠的光華？由於那一幅炫麗的畫面，我不再迷信范仲淹了，而是要篡改他的蘇幕遮。於是，我向他揮一揮手，一面說：「你的芳草『無』情，更在斜陽外不合自然律，不合。」夕陽，一如晨曦，一如移至中天的白日，是普照的，萬物在其中，眾生在其中，花樹在其中，芳草在其中。而芳草，它沒有少女的冷漠，沒有少年的驕矜。在夕陽投下彌留前的一抹光輝的時刻裏，它就邀請斜暉分享它的碧綠，讓金黃碧綠溶溶漾漾，映於眾生之雙眸。遂有一幅迷人的圖畫在我望中昇起，令我有一股不可抗拒的衝動要把蘇幕遮中的兩句改寫，改寫為「芳草多情，溶漾斜陽裏」。是的，芳草多情，它驚訝於斜陽的明艷，蠱惑於夕暉的亮麗。而斜陽啊，它必須面對黑夜的吞噬，不可通融地。於是，前者乃發出一

張請帖，邀請斜陽分享它的青青翠翠、芊芊茸茸，讓夕陽在彌留的時刻裏仍然能完成最後一幅藝術珍品，傳之久遠。

　　面對看那一幅珍品，我乃想起了你，被阻於南方的你；也想起了我，被圍於北方的我。假如我是亮麗的夕陽，你便是最有情的芳草；假如我有成熟的金黃，你便有年輕的碧綠；假如我的命運是必將面臨黑夜的吞噬，假如你的命運是無法伸出雙手將我永遠迎入懷中，那麼就讓我從地平線上消失之前分享你的蔥綠、你的蒼翠；也讓你在我告別大地之前讓你分享我的黃燦、我的胭脂。啊，亮麗如我的夕陽，炫熠如我的夕陽將把你著色，為你增華。讓你的碧綠中有我的金燦，也讓我的黃燦中有你的青翠。讓我們閃著各自的光華，又讓我們各自的光華融匯、揉合、交雜，構成一幅最後的玲瓏圖象。那將不是畢雨費的陰森黳黑，而是梵谷的明灼亮麗。最要緊的，那將不是悲劇性的剎那而是包藏了永恆的一瞬間。

無能的牆

　　妳鎖上門，關上了窗，也拉攏了厚重的窗帘。於是，門窗變為牆的一部份，妳和外界隔絕了，全然地。

　　門外，可能是大雨滂沱，行人在傘的蔽蔭下奔走；或是風正猖狂，在尤加利樹和龍柏之間，令枝柯俯身。

　　門外，也可能是一片耀眼的陽光，在碎石子路上勾畫樹影和人影。

　　門外，也可能是明月一林，在崇山之間。只是，在妳關得嚴嚴的屋子裏，隔著沒有縫隙的牆，雨落不進來，風吹不進來，太陽射不進來，月亮也照不進來。

　　此刻，是一個有弦月的夕暮，已接近午夜時光。白得很冷的牆圍住一片微黃的燈光。妳坐在餐桌面前，不碎瓶裏有二十朵深紅的和橘黃的玫瑰和妳為伴。那碗冬菇清燉雞未被觸及，黃芽白也是，飯已冷卻，筷子放得端端正正。

　　妳偏著頭，雙手支頤，眸子裏有思維之光閃灼。日曆時間是二〇〇〇年的一個白色之夜，物理空間是妳的香水樓。妳不曾用晚餐，妳的胸口像是堵住了，被一塊石子。睡眠遠離著妳，什麼也無法被作成。四壁是因，把妳摒拒

於一切之外。但妳擁有一雙無所不往的思維之翼，使牆變得無能。

每逢思維之翅翼越牆的時刻，妳總是被載向一個夏天，遼闊的、有燃燒的樹群，起伏如波的綠色山岡。澄明的天空裏，偶爾有幾縷白雲浮遊。然後是細節，是事件：一條山徑，一些紅色的和黃色的扶桑花，一棟豪華的逆旅，第一頓被分享的午餐，接著是濱海的陽臺，夕照的時辰，波濤上的日影，使身體慵懶卻令感官活躍的夜之清涼，其中有海的嘆息和鹽的味道。「一切都是美麗、豪華、寧靜、逸樂」，妳活著波特萊爾的「邀遊」。

隨著思維之翅翼的飛翔，妳也穿越那嚴密的四壁，目光又一度凝視那一派豪華，記憶的餘輝，永遠不能被時光索回的，妳能如此肯定。妳並非紀德筆下的梅那兒克，不把「不再」和「未曾」混為一談。「不再」既不意味死亡，也不妨礙「更新」。

永遠是夏，海山在瀲灩的月光裏重疊。夕暮時，那條濱海的小徑在月色的微明中迤邐。處處是夏，在樹群上，在漁火裏，在客舍中。

妳在四壁之間，面對著一頓不被觸及的單人餐。門掩綠色山岡，門掩月如船。妳偏著頭，合上眼，或是凝眸，四壁乃傾塌，像一條從胴體上滑落的衣裙。妳又活在心理時間裏，

心理空間中，活在一個夏天，又一個夏天。那些夏天，永遠不落雨。妳的身影走在夏之明亮中，肩並肩，和一個來自萊茵河上的身影。一度交疊過的身影並不等於兩條永不相交的平行線，這是妳的定理，也是妳用以反駁梅那兒克的論據：「不再」並不等於「未曾」。不曾有過「不再」的人像是一個沒有歷史的國家。若此，妳總是樂於品味回憶，且使之延長，一如妳樂於回顧四千年的文化，且使之更新。

第五輯

什錦篇

涂葉小姐

她的全名是安妮克·涂葉，我的法籍同事，我心目中名副其實的天主教徒。

她的實際年齡並不太大，然而，由於過度地勞心勞力，她顯得比較憔悴，原就清瘦的身軀略呈弓形，臉上也刻著歲月留下的深深轍痕。所幸，她精力旺盛。她住陽明山，卻在三個方向不同的地區任教：中央、文大、輔仁。公車的往返，就夠累人的了。幾乎每個星期日，她還大宴賓客，不是大批的學生就是來華就學的法國僑生，或是比她更為富有的法籍工、商及教育界人士。凡是有家室的，全都闔第光臨。席終人散後，她該清洗鍋盆碗盞，弄到夜半三更。如今，她租賃的是五十坪左右的花園洋房，她親自負責打掃工作，廚房裏井然有序，室內不染纖塵。

第一次看見她，是十來年前的事了。那時她不知道住在什麼地方，祇在文化兼任幾小時的課。有一天，我們在教授休息室偶遇了。

「妳就是那個女詩人嗎？」她用細微的嗓音說。

我一時楞住了，不知道該回答什麼。

　　「是學生告訴我的，」她又加了一句。事後，我才知道法文系的學生和她過從甚密。每逢我在副刊上發表文章時，他們都用破碎的法語向她轉告內容。

　　有一天，她說：「聽說妳寫了一篇『夕陽中的紅帆』，明天有續集。」

　　「她們居然告訴妳我被遺棄的故事！」

　　「不，是初戀！」

　　如今，我才覺得初戀並沒有什麼好，那是未經選擇的青澀。必須在人生道上久久逡巡之後，才能把愛之書讀通，建立起一套適合自己的愛情哲學。如今，我偏愛最後一段戀情，而且肯定「最後」是「唯一」的同義語。因為許多有瑕疵的名字都已被我冷靜地一一劃去了。剩下的，祇有一個不可代替的名字，悠久永恆。

　　後來，為了喜愛陽明山的景色和文大法文系學生之親切，她改為專任，請系主任替她申請一棟教授宿舍，未得要領。本校有許多現象都是不合理的。比方說，有人佔著屋子不住，真正需要房子的人卻申請不到。假如我有能力辦學校，必然使一切臻於完美。自然，這祇是「假如我有能力」，絕對條件語。

　　三年前，她不惜巨款，在距離我家數步之外的首善之區租了一棟臺灣銀行的花園木屋。據說，租那種房子光憑有錢

是不夠的，必須具備下列條件：外籍人士、有綠卡的中國人、或是政界的顯赫人士。她孑然一身，卻租了那麼大一棟屋子，主要的是為了便於宴客，我也常作她的座上賓。凡是我認識的法國人，都是在她家遇見的，我稱她的屋子為「聚會之家」，真是法國的女孟嘗君。

我是一個患著許多小小絕症的人，而且隨時可以發作。每次她請客而我又因病無法赴宴的話，她還親自替我送做好了的生菜或羹湯，風雨無阻地。我一向慵於炊事，這種慵懶近年來更是有增無減。唯一答謝她的方法就是請她去山上的中國大飯店，或是在她過生日的時候儘量送她一件好禮物。

她確實是個有人情味的外籍人士，待人也十分仔細。比方說，她知道我愛書、愛花、愛音樂、愛覆盆子酒。每年的農曆年，她都會送我一束花，或是一盆。每隔三四年，她回法國度一次假。回來的時侯，她會帶給我一瓶覆盆子酒，一張法文唱片或是一本我常想買的法文書──假如絕版了，她就去舊書攤上找。

此外，中央大學財源茂盛，法文系的圖書也從而豐富。一天，我在窗外看見一個大牛皮紙信封，封套上有她的手跡：「我似乎記得妳歡喜普斯特。」那是十五大頁文評影印本，論普斯特的。她知道文大法文系沒訂「文學雜誌」，所以為我影印了。

我並沒有資格說自己歡喜普斯特，因為他的文句太長太長，曲曲折折的，讀起來十分累人。於是，我祇是讀些他的零星片段，同意他用藝術創作征服時間之暴虐的哲學。倒是在生理上，我對他十分同情。他終年生病，終身生病。更令人折服的是，以他屭弱之身，居然完成了那麼龐大的「對失落了的時光之尋求」。不過，我也有和他不同的地方，他記載過去，我使現在進行延續，讀你之後。我筆下的「你」是真人，發生過的事是真事。而他是小說家，他筆下的人物是否虛構便有待查證。我很羨慕會創造假人假事的小說家，但是我更歡喜精確地、真實地記載真人真事。偶爾，有讀者問：「妳文章中的『你』是否真有其人？」我聽了那種問題，祇能啼笑皆非。寫散文而虛構，祇能用「無聊」二字修飾之。不過，從前我筆下的「你」，先先後後地指不同的人，如今的這個「你」：則是指同一個人。如今，這個「你」是最後且唯一的，不變不易。能在有生之年覓得一個本質上不變的「你」，能因「你」而使我的靈秀持續，是我唯一的幸運。

書至此，覺得字數已經接近了約稿人的配給額。一向，我是一個最聽話的作者，就像我是一個最最聽話的人，在不同的身份下。假如我也受洗，必然也是一個最最聽話的基督徒，像安妮克‧涂葉。因此，我還無法下決心受洗，因為自知目前還無法做一個完美的信徒。但願有一天，我也能向芳鄰看齊，她的全名是安妮克‧涂葉。

快樂天使

　　記憶中依然有那張笑嘻嘻的面孔、輕捷的跑步、悅人的話語、美好的歌聲，雖然那面孔、步聲、歌喉、笑語的主人由陽明山調往南投已是一載有餘。他曾留給我一個深深的印象，因為他不僅風雨無阻地忠於自己的職守——做我和通信者之間的心靈橋樑——而且他還是一位可愛的小友。

　　有一段日子，我在幹校授課。一天清晨，來接我的吉普車在門口停下之後就開始罷工。駕駛先生使勁踩油門，馬達就是不肯再次發動。那是一輛不太新的車子，馬達不肯發動的時候，只要有人用力把車子推推就行，然而那是清晨七時半，我的村子似乎還在熟睡。當我和司機都害怕遲到的時候，恰巧那位負責限時專送的小小綠衣人正走向我的村子。看見我薄弱的氣力無法幫助司機，他就自告奮勇地為我們推車，直到馬達又一度發出嗡嗡的聲音。我趕緊道謝、他卻說助人為快樂之本。打從那一天起。我們便成了朋友。每逢他看見我的時候，不論有沒有我的快信，他都從摩托車上笑嘻嘻地叫我一聲，算是打招呼。

　　加之，每逢他走向我書窗外的信箱的時候，他總是用跑跳步，一面哼著一首英文歌，使我聯想起「仲夏夜之夢」中的小精靈。有一天：聽見他的步聲和歌聲的時候，我急忙打開門向他說：「你的歌聲很美麗。」他說：「人生夠痛苦的，必須設法自娛。」那頗有哲理的話語倒真是「於我心有戚戚焉」。之後，有一天，他走進了我的廳堂，拿起我的吉他，彈了一首滿古典的曲子。從那天起，我給了他一個封號：快樂天使。

　　然後，有一段長長的日子，他似乎變了我的專用郵務士。那是流火的七月，他幾乎每天為我捎來一封你自南方寄來的、厚重的限時專送，也從而認得出你美好的手跡。他是一個善解人意的男孩，於是每逢有你寄來的書簡的時候，他不是把信直接往信箱裏塞，而是先在門外叫我一聲。假如我在家，他就把信親手交給我，一面說是來自「那個好勤快的朋友。」

　　書至此，我想起了那句成語：「天下沒有不散的筵席。」一天早晨，他來向我道別，說是奉調南投。我聽了十分悵惘。而且覺得那是一個惡兆、似乎他的離去也會把你的白鴿帶走。我預感得有理，因為自他走後，有歌有詩也有夢的日子漸漸地遠離著我。

　　如今，蒼茫的雲山隔離著我和那位小小的快樂天使，而
且我能肯定今生將不再相見。不過，那並不重要，重要的是
我曾經有過一位小友，穿綠衣的，我也送過他一本書，因為
他也是副刊讀者。

　　最後，我也不忘記說他還給我一個小小的啟示：為別人
製造一點歡樂是利人不損己的事，就像花朵佈施芬芳而自己
並不失落什麼。

攝氏九度

假如是南方，原可能是一個明朗遼闊的日子。金陽光照遍著大地，天空的藍色平原上有一群白色雲羊漫遊。而這是華岡，紅色的水銀柱上寫著攝氏九度，在室內的一隅。書窗外，雲重濁，山也朦朧，是一個又冷又濕的日子。假如是往常，怯寒的她必然會帶著一疊稿紙奔向鬧市，走進那家她偏愛的音響餐廳，避寒避濕避陰霾。而那個攝氏九度的早晨，她居然未曾覺察到大氣中的冷意濃濃，因為她一直忙個不停，在廚下。

又有多少個日子了？她不曾如此有興致地準備地糧，為自己或為他人。而那天，她竟興高采烈地忙著做那份她很擅長但缺乏意願去做的工作——把自己做成廚師。是的，她等著一位訪者，一個來她家用午餐的小小知音。怎麼會認識了他的？那得歸功於蕭邦。一定有人會說，歐菲麗亞又在胡言夢語了。然而。他們的相識確是由於蕭邦。

有好長一段日子，影劇系主任老是調侃著說：「自由中國只有一個人沒有電視機，那就是胡品清。」說實話，電視裏唯一能吸引她的節目是金像獎名片欣賞。而她不是一個收

入豐富的女子，菲薄的月薪不容許她付出可觀的額外開支。什麼是額外開支？那就是說衣食住行和醫藥以外的開支，像電視機。自然，有分期付款那個辦法，可是她討厭一切使生活複雜化的事物，像記住支付每個月的利息以及去郵局排長龍等待匯款。就那樣，她一直沒有電視機，因為電視機雖設而常關就是浪費金錢，實行物盡其用那個原則又是浪費時間。於是，每逢有一部名片吸引她的時候，她就去鄰家打游擊。就那樣，打了許多年的名片游擊之後，她終於發現依賴別人有許多不方便的地方。下午一點那場怕妨礙別人午睡，晚上九點那場怕別人有早寢的習慣。至於午後三時，多半的山居者都利用週末的閒暇進城。於是，她只好買一具黑白電視機，小得可以被人忽視它的存在。想想表姊的電視機的身價居然是她的月薪的五、六倍，她只得篡改一句諺語：萬般皆「上」品，唯有「教」書低。

　　既然買了迷你電視機，也許是為了物盡其用那個原則，她也看看連續劇，雖然是斷斷續續地。有一回，某齣連續劇裡經常有蕭邦的作品做插曲，而她是蕭邦迷，當年也曾在鍵盤上自修蕭邦的夜曲和慢圓舞。於是，她就很連續地看了那齣連續劇，也從而認識了劇中許多演員的面孔，像那個假裝彈蕭邦的男孩以及那個很性格的搭檔，儘管她不曾蓄意地去記住他們的名字。

　　最近，非常不被預期地，她曾被邀請做第三屆電視金像獎評審委員，也從而惡補了一陣子電視，自連續劇看到單元劇，自綜藝節目看到社教節目，自三臺連播看到電視廣告片，自主持人的面孔看到導播及製作人的名字。她看得又煩又膩，儘管在一幕連續劇裏總算聽見一句好臺詞：人倒楣連喝水都塞牙。

　　終於頒獎典禮結束了，繼之以晚宴。席間，她認出了那張娃娃臉，它的所有人便是那個性格小生。因為金像獎主辦人坐在她的右邊，她順便問了一句：「他是誰？」那主辦人說出了一個名字，對她來說是全然陌生的。

　　「久仰大名。」那張娃娃臉向她說。

　　她認為那只是交際文程式，一點也不覺得自己的名真的「大」了起來。在她的心目中，影劇人員是不讀書的，至少不看很藝術的散文。

　　「他把 XXX 給整慘了。」她向主辦人說，為了表示自己確然能以評審委員的身分進入那種場合的情況。

　　「妳是指在連續劇裏？」主辦人問。

　　「唔。」

　　「他是在美國學電機的，為了藝術放棄本行。」主辦人加了一句。

　　之後，他們就展開了話題，她和那位電視演員。

「我很早就是妳的讀者。」他說。

「我以為沒有演藝人員讀我的作品。」

「有。」他笑著指指自己的鼻子，一個很令人舒泰的男孩。然後，他又加了一句：「剛才妳在臺上頒獎的時候，後面有人說：『她的東西我看不懂。』我聽了直想笑直想笑。」

「那麼。我的作品還滿有水準囉！」她自嘲了一番。

「是的，妳有給人陌生感的格調，題目也很特殊。」

「你好性格啊！」她改變了話題。

「臺下的本人比較可愛。」

「自然，那是他們派給你的角色嘛！」

其實，「性格」也並非可愛的反面，她一向討厭忸忸怩怩的男孩。

筵席還沒有結束之前，他被舅父拉走了，一面說還有一處喜酒。

也許是同聲相應吧，她很自然地說：「想送你一本我自己比較滿意的作品，你把住址留給我。」

他留了住址，也寫了電話號碼。

她寄出了一本《水晶球》，他們也通過幾次電話。

「那天談得不夠痛快，我們聚一聚。」他說，「妳幾時下凡？」

「其實，我常常下凡。心煩的時候，我就帶一疊稿紙在咖啡廳裏坐一整天。」

「不受歡迎的客人！」

「為什麼？」

「一杯咖啡坐一天。」

「我也吃午飯呀！」

「那麼我們一起吃午飯，喝咖啡。」

「你請客，因為你的收入比較豐富。」

「我請客，妳明天空不空？」

「明天不空。」

「今天呢？」

「今天也不空。」

「後天是除夕。」

「也不空。」

「妳看妳！」口氣像責備。之後，她決定過了年以後自己下廚，請他上山，不巧是個攝氏九度的日子。

記得前年最冷的一天是攝氏八度。她燃了煤油爐，插上電熱器，再把自己關在空間較小的書房裏，還是抖縮不停。而今年那個攝氏九度的日子，她居然沒有寒冷的感覺。也許，寒冷不僅是來自大氣中的冷濕，不僅是由於冬衣不足，而且也是一種心境。記得在婚前那段日子裏，她和魏理曾經請過一位女友驅車出遊。那年的冬天好嚴厲，儘管天天有太陽。因為太陽很大，魏理說：「春天來了。」那位女友調侃地向

魏理說：「春天在你心裏。」當時以為是戲言，如今她真想
知道寒冷是否也是一種心理狀態。

　　想到他是都市裏的男孩，她趕忙在他上山之前撥了一個
電話：

　　「你多穿點衣服。」

　　「山上很冷是嗎？」

　　「室內九度。」

　　「室內九度呀？」

　　「我倒是不冷，因為在動，而且廚房裏有火。你來的時
候，我可以插上電熱器，不過電熱器不大管事。你最好穿件
大衣。」

　　「我找找看。」

　　「要找呀？」

　　「我會保重就是。」

　　就那樣，他上了山。她安排了一切：有下酒的菜，有下
飯的菜，有平克勞斯貝，還有蕭邦。知道他是晨昏顛倒型的
男孩，是不吃早飯的，於是她想到午飯不該太遲。

　　「我得去廚房一下。」她說，一面打開電唱機。

　　「我去陪妳。」

　　「不必。廚房裏很亂，我讓平克勞斯貝陪你。他的歌喉
很迷人，不過詞兒全是謊言。」從前，平克勞斯是她的偶像，

如今還是，有時，為了聽懂一首歌詞，而且把它記下來，她可以翻來覆去聽個半天，真不像個大女人！

「人生一大騙局！」這句話他說過兩次。

她在廚房張羅了一番，有的菜放在電鍋裏熱，有的隔水蒸。再從廚下回來的時候，她把唱機關上了，一面說：「有我在就免了平克勞斯貝，我的話語是音樂。」一面驚訝於自己的俏皮。

沉默。不知道是肯定或是否定或是措手不及時的反應。

「你的酒量好不好？」她趕忙加了一句。

「還不錯。」

「要洋酒還是中國酒？有金門高粱，有意大利的吉安迪，有阿根廷的紅酒，有蘇格蘭的威士忌。」

「從美國回來以後，我決定了喝中國酒。」

「你開吧！我手勁不夠，」她說，一面遞給他一瓷瓶金門高粱。

「開就不必了，這個瓶子好美。」

「要喝完了酒才能插花呀！」

他開了，然後向瓶子裏望了一眼說：「空的。」

「啊！」她真的嚇了一跳。其實，他只是在逗人。

他斟了兩個大半杯。她說自己不喝烈酒，只是象徵一下，為了舉杯祝他事業順心，愛情也是。

「不要愛情，」他說，「我的獨身主義越來越明朗化了。」

然後，他們一面喝酒，一面地北天南地聊，從巴黎談到美國，從愛情談到婚姻，從谷名倫談到夢露。

「從前我很討厭夢露，覺得她只是一味地炫耀胴體。結束了自己以後，她立刻變了英雄。總之，凡是結束自己的人在我的心目中都是英雄。」

「好像他們替妳做了一件你沒有勇氣做的事。」他錯了。每逢病著的時候，我就痛不欲生。只是，我有濃重的責任感。活著不僅是為了活得愉快，更是為了使自己有用處。

再走向廚房之前，她說：「放一點半古典，」一面選了一張蕭邦的圓舞專集。

「妳不是『在』這兒嗎？」

「我又要走了呀！」

「妳安排得好周全。」

再出現的時候，她帶來了下飯的菜以及冬菇雞湯。午餐就那樣結束了，在舒泰的氣氛裏，在華麗圓舞曲的繽紛音符中。這使她追憶近幾天來接受過的一連串的請帖，那些飯局都是熬過去的。在賓主的談笑聲中，她老是插不上嘴，就像在一群陌生人之中低著頭喝喜酒的滋味。於是，她想知道自己為什麼老是被大人冷落，想知道自己是否有哪兒不對勁。啊！這就是了。她只會說真話，只會深入事物之本質。而大

人要做雙面人，也希望她和他們一樣。而她是不會說謊的，所以她在大人群中沒有位置。

「妳看得太透了，」他說，「我最歡喜妳的『澗』。」

「澗？」

「就是《水晶球》裏的一小段文章。」

「我沒有寫過什麼澗呀！」

「妳忘了。」

是的，也許她真的忘了，因為寫得太多，寫得太多又寫得太真，就像她的話語一樣不受大人的歡迎。「我們要通俗的，要輕鬆的，妳的文章好憂鬱！」一個副刊編輯說。於是她停止了為他主編的副刊寫稿。所幸，她是甘於寂寞的典型，不求聞達於諸侯。何況，她至少擁有許多小小知音，很純真的。

驚喜

我看見了春之證物，日出之前。

室內，一切迷濛。被半陰影駐紮的書桌之一角，一個重疊的雪球亮出它們的名：蕪菁花。

原只是一段從塊莖上切下來的蕪菁，帶葉無根的，被放置於盆景之清水中，花花葉葉間，做為陪襯。而那一段十字花科植物竟然在暗中茁壯起來，蘊藉起來，滋生出簇簇蓓蕾，直到一個夜間，眾苞齊放；在一個凌晨，向我道出晨安，給我一份驚喜。

植物總是這樣：不被目睹、不被覺察地，遵循著季節之交錯，悄悄地經營一些美善，擲向人間。偶逢知己，像哲人盧梭，他就會在風和日麗之日，自家屋中走出徘徊於湖畔，採集一些植物，做成線條優雅的標本，像把植物語錄編成選集。

或是像有情調的法國花店主持人，會在花束上或盆花上，繫一張卡片，卡片上，印著魏爾哈亨的詩：

　　某個夕暮，妳向我說過
　　美麗的話語，美麗如許，
　　無疑地，連那俯視我們
　　的花叢也猝然愛上了我們，
　　其中一朵曾墜落於我們膝上，
　　為了愛撫我們。

若無知音，「有本心」的花仍然自開自落，依照四時行焉，百物生焉之原理，蘊藉多時，包藏涵義無限，向我們說出必須由人解碼的密語。難怪美國女詩人狄金森說：做一朵花是大責任。

稻草人的午後

　　這兒不是鄉野，禾田甚遠，麥隴甚遠，農圃甚遠，果園甚遠，當然也沒有稻草人。這兒是一條繁華的街道，是鬧市中的一角。這兒有一座扶梯，梯頭平處的牆上畫著眾多的、黃褐的稻草人，很原始也很現代。也許，現代的另一面便是回到原始，高度的物質文明已令人厭倦。稻草人引領你走進一間咖啡室和一些卡座。每張桌面上有一塊剪紙枱布，那枱布的造型也是一個稻草人，它向你說：稻草人請你吃搖滾大餐。

　　記得第一次聽見那個名字是由於法文系裏那個擅長歌唱和吉他的一個男生，他在那兒做一名業餘演唱人，每個夜間。自始，我就曾被那個名字迷住。終於，我第一次來到了稻草人，在紅色水銀柱昇向了三十七度的午後，也許是嚮往冷氣，也許是以稻草人之姿，也許是向稻草人看齊，由於煩倦。

　　我在一張桌子面前坐下了，面對著那個吉他手和一個長髮披肩的小女孩。在我後面，一位職業鋼琴手把淡淡的「科羅拉多的月光」洒落在象牙色的鍵盤上。在一杯檸檬茶裏，我傾聽那長髮女孩講兩個屬於自己的羅曼蒂克的故事，凝視

那吉他手在一瓶又一瓶的啤酒裏和一支接一支的香煙裏把自己塑造成一個悲劇英雄，一面又讓稻草人為我製造一些聯想。

最早的記憶中有一個稻草人，佇立在一棵李子樹下。當時年紀少小，不解思維。對我來說，稻草人就是稻草人，是一個用以驚嚇啄果鳥的假人。如今追憶起來是「人世幾回傷往事，山形依舊枕寒流」了。我開始想知道稻草人是否真能發生恐嚇作用。假如沒有風，稻草人便只是靜靜地立在一方田裏，或一株樹下。當它那樣佇立的時候，鳥群是否真的會為之卻步？而且，一般說來，稻草人都不太高，和樹巔上的果子之間有很大的距離。即使風吹稻草人動恐怕也是鞭長莫及。自然，我們也不能完全否定稻草人的力量，既然它有長久的歷史，不論是在中國或是西方。假如在一樹纍纍的果實之中，能有一兩枚免於被鳥啄食，也就在情況允許之下完成了它的使命。

童年，像所有的日子，快速地逃逸了。我開始接觸到現代詩，也思索過艾略特的「空虛人」。也許，在那詩人的心目中，許多人都只是徒具外形而無內容的空虛人，像稻草人，他們的腦子裏填滿了稻草，他們的微語靜寂而無意義。他們是麻痺了的力量，是沒有動作的姿勢。也許，艾略特對人是苛求的。在他的心目中，大多數的人都缺乏深度。什麼是有深度？我曾提出過這個問題。據說：一個被稱為有深度的人

必須在思想上有所發明。果爾，那麼，除了古今中外名見經傳的哲學家以外，一般人都只落得個膚淺，包括哲學系的學生在內，因為他們每天所做的只限於把先哲的思想複述一次。若此，除了真正有所發明的哲學家以外，你我全是不折不扣的稻草人啦！

自然，我也想起了你以及你我分享過的零星稀少的歲月，夢中的。我們是共同生活過了的真人，在夢中。我們起居、行走、旅遊、思考、互訴心語、寫長長的書信，美好無雙。你曾為我開拓畦畹，我曾培植夢花，使之綻放，使之繁茂。如今，蟬聲又唱了，第三度。夢花恆在而夢景依稀。曾經一度生活在夢中的你我究竟是真人抑是假人，像稻草人？

誠然，稻草人是有大限的。它需要風，需要因風而生的動作才能發揮它的功能。而號稱萬物之靈的我們也有許多大限，不可通融的。也許，我們只要在大限之內對一點什麼有所追求、有所執著，在某一方面有點用處、有所創造，我們也就為自己覓得了一個存在的理由，很充分的。

寫給玫瑰

　　一簇簇，一團團，玫瑰繁開著，在綠葉之間。淺色的玫瑰光潔亮麗，像一匹匹的絲綢；暗紅的玫瑰瓣則是毛茸茸的，閃著天鵝絨的光彩。每逢我經過紫園，我總會在玫瑰之間佇立久久，或是買一束各色的玫瑰回來，裝飾餐枱。我愛一束雜色的玫瑰，因為清一色的東西給人一種單調的感覺，就像文壇上也該有各種不同的風格才顯得多彩多姿。

　　據說，花是有花魂的，不知道是有根據的抑是敏感的詩人之假定。而我如此祈願：但願玫瑰只是單純的植物，沒有知覺，沒有「本心」，更沒有什麼花魂。因為苟魂而有知，玫瑰一定會因憤怒而夭折於枝頭。

　　雖然在富豪之家的客廳裡，花瓶中的玫瑰可能四時不斷。然而這個社會是痛恨玫瑰的，因為報上時常有人謾罵唯美唯情，而玫瑰卻是美與愛的象徵。早在十六世紀，法國詩人洪薩便寫過一首情詩，把玫瑰象徵美麗和戀情，而且勸他的女友珍惜美麗和戀情。反之，我們的社會是不會歌頌玫瑰的，不過也不至於直接用文字傷害玫瑰，因為，玫瑰和人原非同類，所謂的文學批評家也就表現得比較寬容。至於同行

（有時甚至不是同行，只是同類），他們就會加以批評。奇怪，我就是無法指名道姓的批評別人的風格或主題。其實，也沒有什麼奇怪，我只是比較謙虛，不會因為一小片葉子的形狀或位置不合我的審美觀就否定整樹玫瑰花之完美。比方說，我就從來沒有想到過要批評余光中的「天空很希臘」，雖然我也不懂，雖然從文法上來說，「很」字後面只該是形容詞而非名詞），因為我覺得他有更多值得我們讚賞的地方。比方說，他對文字的靈活運用，他的很有獨創性的語言。即使偶爾有些太西化的句子，也是由於節奏上的必需。我始終認為，一篇文章，只要具有美和真，就必然有善的內涵，何必因為一個細節（像一個有點西化的「片語」或一個倒裝句）而加以貶損？當一個人把散文寫得像詩的時侯，他也該享有Poetic Licence（詩的特權）。換言之，我們應該研究它的境界的高遠和獨特而非挑剔它的無傷大體的、不合成規的片語。

　　這個世界好大，人也好多。每人的個性、遭遇、文化背景都各有不同，每人的風格也就自然迴異。法國有一句很客觀的諺語說：「為了造成這個世界，形形色色的人都是必需。」

　　一般說來，玫瑰花被歸於「高貴」的一類，而它卻能與卑微的金盞花和諧共存。自稱萬物之靈的人啊，你們真該向玫瑰看齊，在各方面，那樣，這個世界才能充滿美麗、愛心與和祥，——醜陋、憎恨與戰爭的反面。

冰雕的聯想

序幕

第一次看見冰雕，是在一個慶祝酒會上。一踏入大廳的時候，我就被那一大片晶瑩迷住。和主人寒暄之後，我沒有走向餐桌上色彩繽紛的地糧，也沒有走向形形色色的飲料，而是走向了那個冰雕，就近欣賞，像欣賞博物院裏的一件陳列品。

那是一家企業的慶祝會，為了討個吉利，那冰雕是一尾大魚，象徵年年有餘。那確實是一尾吸引人的魚，玲瓏剔透，玉潔冰清，澄澈亮麗。

那是夏之日，但是因為室內強烈的冷氣把流火的日子做成了冬天的樣子，所以在酒會的持續期間，那尾魚一直保持了冰雕家所塑造的原形。

看見那個冰雕已經是一年前的事了，但是那尾冰雕魚卻盤桓於我心深處，也激起了許多聯想。隨著歲月之流逝，今日此時，我把那些聯想記載下來，獻給人生。

神

且設想自己是一位虔誠的信徒，於是就該相信這句話語：「上帝按照自己的形象創造了人。」然後再引用這個三段論式：「上帝是完美的，人是按照上帝的形象而塑成的，所以人必然完美。」

如今，且看看你自己以及周圍的人，他們是否真的完美？經過入微的觀察之後，你的回答必然是否定語，因為絕大多數的人都不無大玷與小疵，外表一如內在，無可爭議地。

於是，我有了這個推理，這種結論。神是一位伶俐的雕刻手，但是選錯了素材。假如祂選擇了鋼，人也許能保持來自上帝的完美無雙。不幸地，祂選擇了冰，而時令又恆常是溫帶。嚴冬一過，冰雕就漸漸溶化，不再成形。於是，人就有了和神相反的品質，全然地。

人

假如說有完美的「人」，他只存在於我們的幻覺中。換言之，你憑自己的意欲塑造一個或先先後後地數個形象，加以美化，使之合乎你需求的理想。那種完美的塑像只能存在於夢境中，當你和塑像之間保持著一段距離。你也和神一樣，

選擇的素材是冰，而現實卻是高溫。一旦你把那塑像迎入懷中，它必然融化，必然扭曲，直到面目全非。

己

我相信，是人都有一個意願：把自己塑成一個完美的雕像。在人生道上起步的時候，你總有一些目標、一些理想、一些抱負，然後試圖朝著那個意願的方向走去。而人生的路是嶙峋的，有許許多多的絆腳石。有巨大的，大得使你沒法跨越；有小的，但是也大得足夠使你摔得遍體鱗傷。那些石子中，有的來自外界，像別人為你設下的陷阱；有的來自你本身，像堅毅果敢之闕如；有些是先天的，像健康道上之多歧。到頭來，你驀然驚悟，自己選擇的素材也是冰，而氣候又總是熱帶，雕像也無法完成。

尾聲

雕塑手啊！為什麼你選擇的素材永遠不是鋼？假如是冰，又為何不是北極？

秋節

　　那些供果：如長龍的白藕，自硬殼的裂縫中閃爍著紅寶石光彩的石榴，漆黑而亮得像桃花心木的栗子，燦若黃金的梨，一串串的紫葡萄，各式的月餅以及那一院浸浴著花樹的月光又都湧現於我心靈，在我的記憶中展開惑人的激盪。

　　那是許久許久以前的故事了，那時我還是一個愛讀童話的孩子，幼稚的心靈中已是充滿了夢幻。年年，在中秋的晚上，我們家裏照例舉行一個富於詩意的盛典。侍僕們在花園擺設了供桌和脫俗的祭品，那不是油膩的三牲，沒有依然昂著頭，噘著嘴，露出深深的皺紋的豬腦袋，而是一些經過選擇的鮮果，玲瓏璀璨，放射著寶石的光彩。

　　月正當空的時候，我們開始燃點香火，有青煙氤氳昇起，有檀香的氣息混雜著丹桂的芬芳。一切都是寧靜、美麗和超凡入聖。面對一園月色，我童稚的心靈開始幻想起來，幻想在月宮裡嬉戲的金蟾玉兔。美麗的嫦娥是寂寞的吧？李商隱明明說過：『嫦娥應悔偷靈藥，碧海青天夜夜心。』我真想長出一雙翅翼，飛向廣寒宮裡瞻仰一番那低眉垂袖霓裳羽衣的雲中仙子，可是我也和蘇子瞻一樣，有些怕冷：

『我欲乘風歸去，又恐瓊樓玉宇，高處不勝寒。』

是的，在一切節慶中，中秋是最美的節日。傳統的奠祭，古典的神話更增添了佳節的詩情。不幸的是今天那美好的習俗被遺忘了，人們不再以瓜果供奉月神，不再以香火裝飾秋節，而且二十一世紀是一個現實的時代，摧毀幻想的時代，科學已向我們揭露：月球裡只存在著一些冷峻的磐石，無草也無花。而且經過美蘇的火箭突擊，那偷靈藥的少婦，那砍桂的吳剛，那玉兔金蟾，想必已遭扼殺，廣寒宮裡的雕欄玉砌也一定粉碎無餘了。假如我依然堅持童年時代的信仰，嚮往傳統下的秋節，述說一些三分美麗七分幻想的神話，他們一定又會笑我囈語了。

這是二十一世紀，霓虹燈上方的月色很蒼茫。人們不再迷信美麗，且要扼殺幻想。后羿曾經射落過九個太陽，就讓太空人擊斃他任性的妻子吧。在此夜間，沒有人再以果餅宴饗那仙而復死的女郎，瑤台都殘破，廣寒宮也荒廢。可是，在這個不同凡俗的節日，我依然要保持一份清趣。此夜此時，不宜舞池歌榭，那燈紅酒綠，那絃管琴歌，未免太人間了。此夜此時也不宜結隊冶遊，那笑語歌聲，會劃破月下的寧靜。此夜此時，只宜於和你漫步，在人間外、煙火外，在叢山之中，在水之湄，涉過這一片清淺的月光，分享一點詩意的寧靜，一如你我曾分享過無限的美好。

天鵝

　　自修鋼琴的那段日子裡，曾經彈過聖桑思的天鵝。頭兩個樂句就很富於魅力，令人幻畫天鵝把粉頸彎成優雅弧線，俯身向水中天，然後又使之挺直、高貴地升起，升向上方的白雲穹蒼。

　　聽柴可夫斯基的芭蕾舞曲時，也偏愛天鵝湖，一面幻畫皎潔如霜雪的芭蕾舞孃排成白天鵝的樣子，俯仰於湖上。而音樂畢竟是感覺藝術，比較抽象。

　　客居瑞士時，天鵝給了我較具體的印象。日內瓦湖上恆常有成群的白天鵝在水面遊移，旅舍中的侍者稱之為白色艦隊。之後，我就對天鵝特別感興趣，由於眾多的原因。

　　從字音上說，單純的「鵝」在法文中是 OIE（歐哇），在英文中是 GOOSE（古斯），在中文裡是鵝，有點像嘔吐聲，三者均不甚悅耳。

　　從字義上說，在中文裡把鵝冠以「天」字，就不再是家禽，因為有了神之屬性。在法文裡，天鵝是一個全然不同的字：CYGNE，和 SIGNE 是同音字，意謂象徵，這麼一來，天鵝的涵義就繁複了，因為可以用作意象。至於英文中的

SWAN，雖然在字義上毫無特異性，至少比 GOOSE 好聽多了，因為不是喉音。

就該動物本身來說，鵝是家禽，只在農家的院子裡用不甚優雅的八字步行走。而天鵝，不論是白是黑，只在上下兩片天光雲影之間像小舟般滑行。入夜以後，倦游之餘，可能划向一片水草、一叢蘆葦，棲息於其間，像愛孤獨的詩人，像與世無爭的智者。

有一次去郊外野遊，看見池中坐著一隻黑天鵝，羽毛是黑水晶，配上朱紅珊瑚喙，構成至美的對比色調。牠正棲止於一傘柳蔭下，曾令我久久凝眸。凝眸處，心中有無限感慨。據說，黑天鵝身價昂貴，因為稀少。也許，做物比較好，既然物以稀為貴。至於人，最好別與眾不同，最好人云亦云。一旦「稀」起來的話，困擾隨之。

阿姆坪的落日

前奏

有一種專屬於我的生活藝術：不傷害別人的任性。常常，都是在遇見了拂逆之後我就來一次任性。換言之，便是靠善待自己而忘卻一些發生在我身上的不愉快的事情，雖然那些事情並非由於我自己的招惹。

儘管我的外表看來是纖纖弱弱的，像一株小草，一陣風起就必然偃臥，但是大風平息之後我又亭立起來。一言以蔽之，我不是蘿藤型的女人，而是有橡樹的品質。

有人說，任何一種藝術家都是特別敏感的，也從而容易受傷害。我同意這種看法，全然。因此，我猝然有點羨慕寫雜文的人，他們不是尖嘴利舌地罵人就是詼諧滑稽地損人。雖然他們不損任何一個特殊的人，但是至少不會傷害自己。而我只會寫自己生活過的句子，真真實實的體驗。換言之，在被傷害之後又再傷害自己一次，所以啊，對「傻人俱樂部會員」那個封號真個是當之無愧了。

　　近來，也許是因為體驗累積得更多了，必須改變一下生活方式：不但生活得美麗，而且生活得任性。不過，我要大聲加以詮釋，那只是不傷害別人的任性。就是在這個基本原則之下，我忽然想起了阿姆坪，當夕陽西下。

　　在任何時間任何空間裏，我都感知且能肯定自己的感情是一個例外：純真、細膩，且不會主動地變易。若此，我是命定了的被損害者。所幸，我有拉馬丁的品質：哀而不傷。是的，痛苦不會令我身心癱瘓，痛苦不會使我的生活石化。也所幸我熱愛生活，我便寬容，也能在感情方面去蕪存菁。記得你非常喜愛「往日情懷」那部影片，不知道你是否會唱那部影片中的主題歌曲。我永遠不會忘記這句歌詞：「回憶可能是美麗的，我們寧願忘記太痛苦的情景，因此，我們記住的乃是歡笑。」若此，每逢我像風下之草一樣俯身之後，總是設法挺拔起來，靠了任性地生活，靠了善待自己。因為，除了自己以外，沒有誰會永遠真正地善待誰。是的，必須善待自己，因為你不能希望別人永遠善待你。因此，我想起了要去阿姆坪看一次落日，像《小王子》中的主角在憂鬱的時候總是去看一次落日。

　　記得第一次看見阿姆坪是在螢光幕上。那兒有山有水，還有小小的半島伸向水面畫出一些玲瓏的輪廓，綽約無雙。假如說陽明山有什麼缺點的話，那便是有山而無水，一如只

有綠葉而無牡丹。一向，我都執著於一種看法：立在崗位上的時候，你只該像山，像山的屹立，山的堅強。而生活中則必須有山有水，有山的恆毅，有水的飄逸不羈。

旅程·旅程

　　午後三時、我們在高速公路上，我和駕駛先生。那是一位我熟悉的司機，我知道他姓張。

　　「你叫什麼？」

　　「文正。」

　　「像劉文正那樣？」

　　「沒有那麼好。」他回答說，帶著一種自嘆不如的笑聲。

　　其實，真正的價值觀念是很難客觀地去建立的，他為什麼要說「沒有那麼好」？

　　「今天幸虧有妳這一程，也是唯一的一筆生意，否則我就無法向一家八口交代。」然後他又很宿命論地加了一句：「一切似乎都是上天安排好的。假如沒有像妳這樣的顧客，幹我們這行的就無法維持生活。妳是去阿姆坪買房子嗎？」

　　「我哪裏買得起房子？」這一次輪到我自嘆不如了，雖然我的不如沒有確定的對象。

「客氣。」

「一點也不客氣。說實話，我就只有一身衣服，一輛計程車。」一定是我的生活形態給人一種富裕的錯覺，一如我還有許多其他的品質給人許多其他的錯覺，而我是寧願背負十字架而不願解釋的人，何況解釋也不能帶來了解。從前，我總希望被人了解。如今卻悟出了一項真理：了解那個名詞既不存在也無意義，於是就把被誤解習以為常了。不過，當被誤解的壓力重得要碾碎我的肩胛的時候，我便來一次善待自己，比方說，把所有的錢扔在一輛計程車上，過一種任性的生活。這種生活方式總令我想起 O.Henry 筆下的「蓮花旅社」。

風景線

風景就是那樣，有點像人生。有平淡無奇的市郊，畫面上不是冒烟的工廠，就是破敗的建築物，或是平坦的田疇。那種風景線代表生活中現實的一面：工人的勤奮，尚未全然消失的貧困，農夫的辛勞。

然後，我們把市郊扔在後面，駛向一片蒼翠。那是細竹，那是相思林，那是許多不知名的樹木，鬱鬱蓊蓊。

　　首先，我從一圈竹籬的縫隙中窺見了慈湖，那個引起許多莊嚴的聯想的湖。那時，我寧願只是窺見而非面臨。莊嚴的聯想或場面都會把我的眼睛做成噴泉，而我並不想哭。如今，我老覺得眼淚是一種浪費，縱然是莊嚴的浪費。忍住眼淚屹立在崗位上，才是每個正常的公民為人處世的態度。

　　之後，我又一度到了你少年的腳曾經留下眾多履痕的地方。我是一個喜愛頻頻回首的女人，仍然看見你的腳跡，儘管那些腳跡已被歲月磨滅，被雨水淘盡。只有那小小的大溪湖依舊，那幾處垂楊依舊，那些賣豆腐乾的舖子的招牌依然醒目，像黃日香。在許多歲月和遼闊的空間隔著我們的情況之下，我們曾經一度並肩，也算是一個可歌可泣的故事吧，你說呢？只是，我選擇了歌，因為我選擇了留住歡笑。充其量吧，我也只想引用一句前人的詩追悼疇昔：「人世幾回傷往事，山形依舊枕寒流。」

　　指向阿姆坪的箭頭終於在望了，一個很藝術的箭頭。它不像一般的箭頭那麼一目了然，而是一個空心箭頭。在巨大的凹陷部分畫著山色，畫著平湖，畫著曲折的半島。

　　駛完三公里之後，一條路在我們眼前分歧。右邊向上的那條是懷德路，通向石門水庫，向下的一條通向阿姆坪。青翠的湖水就橫臥在我腳下，湖中有狹長的半島，四面被有稜有角的青山環抱，讓我想起日月潭及其他。哎！走遍天涯路，

走不出我們分享過的山色湖光。那時‧我似乎在走著天涯路，也在望斷雲和樹。我在阿姆坪的蒼白的落日下，你生活在半屏山前。因此，我只能說物是人非。不過我要堅強，所以我不模倣李清照說「欲語淚先流」。

也許是被那一片山山水水迷住了，司機說：「這兒不輸給陽明山。」

只是，我並不全然有同感。我會一個人走向一片水而不會一個人走向一座山。有一段關於山水的對話，在記憶中。

一天午後，我們在咖啡座上，我和一個甚有靈性的女孩。

「假如有一座深山，山中有一片茂林，妳是否會走向那座深山作一次歷險？」

「不會！」我毫不遲疑地回答。

「為什麼？」

「害怕。」

「怕什麼？獅子、虎豹或是蛇？」

「我更怕蛇。」

「假如妳和一個心契者或是一大群人去到了那座林子裏，而且發現地上有一把鑰匙，妳會不會去拾起來？」

「自然會。」

「假如別人也要拾，妳會不會去搶先？」

「不會，我一向是擠不上公車的典型，儘管我是排在別人前面。」

「假如別人不拾那把鑰匙而妳拾起來了，妳會不會去尋找用那把鑰匙開啟的密室或是古堡？」

「自然會。」

「妳敢不敢一個人走向海邊？」

「敢。」

「為什麼？」

「因為海的開朗使我有一目了然的感覺」

據說那些問題是一種心理測驗。那個小小的她對我下了如此的結論：我是一個害怕奸詐陰險的女人，所以不怕虎豹而怕蛇蠍。我是一個與世無爭的女人，所以只在別人不拾那把鑰匙的時候才把它拾起。我是一個愛把一切事實的真相弄清楚的人，所以一定要去尋覓那棟密室或是城堡，且用那把鑰匙開啟門扉。

是的，她的結論多半正確，只是有許多事實的真相是我永遠無法追究明白的，由於人的思想之善變，也由於人的偽善。所幸，我雖然不是基督徒，但是我對傷害我的人，不論是在大我方面或是小我方面，我至少能做到聖經上的一句話：我原諒他們，因為他們所做的，他們不知道。

夕暉中的阿姆坪是美麗的。那時，白日已漸漸轉紅，暮山正凝紫，水上閃著金色的光華。湖面上，停著幾艘遊艇，但是你我將不再共坐一艘遊艇駛向彼岸，一如我們將不再共

坐一輛公車或計程車駛向此岸。而我仍然任性地選擇了獨自讓一輛計程車把我帶到了阿姆坪，不僅因為螢光幕上的畫面吸引過我，不僅因為要看水上的落日，更因為阿姆坪的另一端便是你我一同認識過的石門水庫。

　　於是，我讓車子回頭，駛向那個水庫。不久，「雲霄別墅」那四個大字仍然很醒目地在高處亮著，然後又從我眼前掠過。而如今，更有一棟後起之秀：芝麻酒店，也曾讓司機沿著箭頭指點的方向去尋覓芝麻酒店，但是在暮色的蒼茫中，他錯過了。漸行漸遠時，他問我是否回頭？我說不！但是加了一句：「下次再來。」

　　是的，我會下次再去，尋覓芝麻酒店，一如我會拾起那把不必和人爭奪的鑰匙，去尋覓大森林中的古堡。

第六輯

文學花園

論李後主的詞

　　不是採菊東籬下的悠然，不是司空圖的渾然忘我，不是范仲淹的先天下之憂而憂，不是「愛鼠常留飯，憐蛾不點燈」的大慈大悲，不是白居易的寫實主義，也不是「南風之薰兮」的愛民如子。

　　且凝神諦聽：是小姨子和姊夫的幽會：「月明花暗飛輕霧，今宵好向郎邊去」；是對青春易逝的嗟嘆：「去年花不老，今年月又圓，莫教偏，和月和花，天教長少年」，是永恆的相思：「天遠山高烟水寒，相思楓葉丹」；是難以描述的悽惋，「無言獨上西樓，月如鉤」；是亡國之音哀以思：「小樓昨夜又東風，故國不堪回首月明中」；是命運論者：「轉燭飄蓬一夢歸，欲尋陳跡悵人非，天教心願與身違」；終於，是對人生的厭倦：「春花秋月何時了，往事知多少」。這便是李後主，一個單純的個人主義者，一個東方的唐璜，一個耽於逸樂的南面王，一個迷失在回憶中的後主。

皇帝與詩人

　　作為君主的李煜是平庸的、怯懦的、苟且偷安的。作為詩人的李煜卻是勇敢的、傑出的。在詩篇裡，他面對自己的弱點和痛苦，且對整個的人生加以探討。他不再逃避現實，且有勇氣把憂愁變為永恆。在日常生活中，現實令他害怕，在詩篇裡他有膽量把每一個感覺、每一個痛苦的須臾記載下來。在流謫的生活中，他似乎永遠活在夢裡，那個夢使他對人生有一種新的洞察且賦予他一種超人的力量，使他思索、構想且寫出完美的詩歌：他做皇帝的時候曾經害怕流血，但是在做囚徒的時候，他曾用血寫下光輝的詩篇。

永遠是紅塵中人

　　由於李後主強烈地愛好塵世的浮華，他全部的作品乃是一部偉大的生之交響樂章。年輕的時候，他生活在貴族的、閒適的環境裡，那種環境正適合他愛好奢侈的本能。他徜徉於美好的事物之間且致力於謳歌人生之華美。他酷信佛教，但是佛教始終不能令他參透鏡花水月，其實他並非不知道色即是空，但他的表現方法卻是屬於紅塵中人的，而非屬於一

個信徒的。當他發現往事如夢的時候，他並不以清明恬靜的心境接受那不可避免的現實，相反地，他追憶逝去了的悅樂，在夢裡，在想像中：

「多少恨昨夜夢魂中
還是舊時遊上苑
車如流水馬如龍
花月正春風」

　　他便是如此，永遠是紅塵中人，總愛看沙丘上的玲瓏樓閣，總貪戀變易不居的美好。當他失去了一切的時候，他不能採取一種淡漠的態度。相反地，他追憶昔日的雕欄玉砌，他幻想秦淮河倒影的瓊樓瑤殿。他白天想著過去，夜間夢著過去，也許有人會說他特別愛以憂鬱裝飾自己，其實他永遠是一個紅塵中人，總走不出塵世和情感的圈子。

詩──生活的鏡子

　　假如並非每個詩人的作品都是作者的生活的鏡子，至少李後主的每一行詩都是生活過的。在他短短的生之旅程中，他似乎僅僅體驗過愛情和懷鄉病。當我們讀他的詩的時候，我們發覺他從來不像一個寫實主義者以客觀的態度描寫生

活，或是像一個聖者以哲學的態度去觀照生活。他只是以主觀的態度去描寫他生活中的悅樂與哀愁。換言之，他只用心靈的顏色和音樂編織他的詩篇。在前期的作品裡，愛情是他唯一的主題。那時，詩的鏡子反映著的是一個全然的唐璜，因為他被一大群女孩子所圍繞。我們不能識別那諸多的情詩是為誰而寫的，除了極少數的幾首。總之，他前期的作品只是謳歌愛情之諸貌：

他為單一的美人而寫：

雲一緺
玉一梭
淡淡春衫薄薄羅
輕顰雙黛蛾

他為眾多的美人而寫：

晚粧初了明肌雪
春殿嬪娥魚貫列

他描寫大周后的嬌妖：

> 繡牀斜凭嬌無那
> 爛嚼紅絨
> 笑向檀郎唾

他描寫小周后的羞澀：

> 畫廊南畔見
> 一向偎人顫

他描寫宮廷生活的驕奢：

> 紅日已高三丈透
> 金爐次第添香獸
> 紅錦地衣隨步皺
> 佳人舞點金釵溜

他是很伊壁鳩魯的：

> 尋春須是先春早
> 看花莫待花枝老

他是典型的唐璜,有許多女孩子為他心碎:

> 臨風誰復飄香屑
> 醉拍欄杆情味切

從上面列舉的例子中,我們可以看出醇酒美人音樂編排
著他前期詩作的主題。

而人的情況是無定的,一切都變易不居。宋師南渡之後,
南京淪陷了。李後主從豪華的寶座上墜落在貧寒的囚室裡,
他辭別了雜花生樹的江南,走向冰天雪地的北國。在流謫的
歲月裡,夢幻、記憶、沉醉和鄉愁構成他詩篇的經緯。

在異鄉,淪為臣虜的李後主常常迷失在追憶裡。他把鄉
愁比做春草,漸行漸遠還生。既然無限江山別時容易見時難,
他便只有在夢中歸去。

他夢見江南的春天:

> 閒夢遠
> 南國正芳春
> 船上管弦江面綠
> 滿城飛絮混輕塵
> 忙殺看花人

他夢見江南的秋天：

南國正清秋
千里江山寒色暮
蘆花深處泊孤舟
笛聲明月樓

除了愛情之外，酒和音樂也偶然出現在他前期的詩作裡：

縹色玉柔擎
醅浮盞面清
羅袖裛殘殷色可
杯深旋被香醪涴
酒惡時拈花蕊嗅
別殿遙聞簫鼓奏
鳳簫吹斷水雲間
重按霓裳歌遍徹

他在夢中遊園：

多少恨
昨夜夢魂中
還是舊時遊上苑

　　　車如流水馬如龍
　　　花月正春風

　　夢和現實是對立的，可是又似乎沒有分明的界限。他在
夢中回到過去，醒來又覺得往事如夢，大有莊生曉夢迷蝴蝶
之慨。

　　他要儘量地沉醉：

　　　醉鄉路穩宜頻到
　　　此外不堪行

　　他要用酒溺斃憂愁：

　　　胭脂淚
　　　留人醉
　　　無夢也無酒的時候，他便自耽於回憶中。

　　他想像故宮如舊：

　　　雕欄玉砌應猶在
　　　只是朱顏改

他幻畫秦淮河依然反映著昔日樓台：

>　晚涼天靜月華開
>　想得玉樓瑤殿影
>　空照秦淮

他想像自己依然住在自己的宮殿裡。那是初春，一切如恆：

>　風回小院庭蕪綠
>　無奈朝來寒雨晚來風

他的幻想消滅了：

>　世事漫隨流水
>　算來夢裡浮生

他開始憂鬱起來：

>　問君能有幾多愁
>　恰似一江春水向東流

他忠告自己別再迷失在回憶中徒增悵惘：

> 獨自莫憑欄
> 無限江山
> 別時容易見時難

　這便是他後期詩作的主題，鄉愁，鄉愁，更多的鄉愁。開始的時候，他自耽於回憶，然後，他用醇酒溺斃鄉愁，終於，他對生存感到厭倦，他渴望在死亡中求得解脫：

> 春花秋月何時了？

他在探索存在問題：

> 流水落花春去也
> 天上人間

李後主的抒情主義

李後主在辭別京都的時候如此寫過：

> 最是愴惶辭廟日
> 教坊猶作別離歌
> 揮淚對宮娥

　　據說歐陽修在五代史記中曾經說過李後主應該揮淚對宗廟和人民以謝罪愆。我說一般人的通病是不從純粹的藝術觀點批評文學作品,他們常常把主題和作品混為一談。一首詩固然可以載道,但是寫詩究竟不是一種道義上的行為而是詩人的創作行為。一首詩可以表現作者的道德觀,但是純粹的道德觀並不能使人變為詩人。假如他曾經揮淚對宗廟或揮淚對臣民,那首詩便索然無味了。

　　李後主是一個純粹的抒情詩人,他在詩裡表現的是他個人的感覺,假如我們用一句現代術語的話,他是表現自我,他的詩中有「人」,他自己那個人。他不賣弄哲學,把孔子、老子或釋迦牟尼的思想混入他的詩篇;他不表示滿腹經綸,把詩寫成點鬼簿的樣子。他只用樸素的語言寫出自己的心聲。

　　他天性善良,愛民如子,但是個不曾想到要在詩篇裡說:南風之薰兮可以解吾民之慍兮,南風之時兮可以增吾民之財兮。他的詩只是反映他自己的生活面貌。

　　早年的時候他有一個溫暖的家庭,慧美的妻子。他是唐璜型的人,且被眾多的麗人圍繞著;他愛奢華,住的是富麗的宮殿,他愛文學,而自己又是天才詩人。對於這樣一位得天獨厚,養尊處優的詩人而言,痛苦是和他絕緣的。他過著充滿了愛情、歌舞、歡笑的生活,他便描寫這樣的生活,那便是真。除了真以外,我們還能向一位詩人索取什麼呢?

　　之後，他的生活改變了，他從金碧輝煌的寶座上摔下來，跌落在一間囚室裡。他失去了家國，失去了宮娥，失去了帝王的尊貴，而且淪為臣虜之後沈腰潘鬢消磨。於是他的生存裡不再有美好，不再有青春，不再有愛，不再有望，不再有光明。他變得憂鬱，消沉，悲觀。在後期的作品裡，他不再以鴛鴦蝴蝶裝飾他的

　　詩句，他的詩句不再閃著珠光寶氣，一切都是深沉和雄渾。

不朽的憂愁

　　假如我們要替李後主的創作生涯豎立一方里程碑的話，我們可以用流謫做一條分界線。流謫之前的作品是輕鬆的、纖麗的、香艷的、脂粉氣很濃的。流謫之後的作品是悽愴的、深沉的、有力的、樸實無華的。由於前期的作品太華美、太綺麗、太濃艷，也不夠含蓄，所以境界不甚高遠，總嫌有太多的紈袴氣；充其量也不過是雕蟲小技，案頭瓶花。

　　後期的作品是憂鬱的，渲染著濃濃的哀愁。而憂鬱的詩恆常是接近哲學領域之邊緣的，所以更有深度。前期的作品輕快明麗而後期的作品帶著一種朦朧美，像是一幅霧中風景，若即若離。假如我們把「剗襪步香階，手提金縷鞋」和

「無言獨上西樓，月如鉤」作一個比較的話，我們不難看出前者失之於淺顯而後者便有弦外之音了。

　　作為一個詩人並非僅僅要有明朗的詩風，讓村姑庸婦都能欣賞。他必需要創造一種有魅力的語言使讀者感到莫名的喜悅且引領他走向一個不平凡的境界。在李後主後期的作品裡我們可以覺察到他靈魂的呼吸之溫暖和眼淚之濕漉。所以我說他的不朽在於憂愁，因為是在憂愁中他才創造了高遠的境界。

波特萊爾與惡之花

人和書

就是他，駭人聽聞的詩人，美學的發明者，文字的冶鍊者，新顫慄的製造者，罪惡及痛苦的培養者，鴉片及大麻烟之服用者，娼妓的友人。

他的童年很慘淡。父親去世不久之後，母親就改嫁了。他深愛母親，她的改嫁在他的心目中是不可饒恕的。在母親再婚的夜間，他把新婚夫婦的臥房的鑰匙丟在池塘裏。日後，他又一再說：「一個有像我這樣的兒子的女人是沒有權利改嫁的。」

家庭的悲劇對一個極為敏感的孩子的影響是深厚的。他變得孤獨、悲觀、憤世嫉俗。天才的反叛性使他對自己的行為不計後果，但是悲哀的種子在精神的土地上開了最美麗、最奇異也最稀有的花——《惡之花》。

假如我們研究《惡之花》而不體諒作者的個性和遭遇的話，我們很可能在他身上隨意貼上一張傷風敗俗的標籤。社

會總是以庸人的尺度衡量天才，也許這就是在《惡之花》出版的時候，作者被法庭判決罰款三百法郎的原因吧！記得在巴黎大學的時候，連我的詩學老師在第一天授課的時候就說：波特萊爾是一個偉大的詩人，但不是一個美麗的靈魂。其實，波特萊爾從來沒有作成過傷害別人的行為，他只是天才，與眾不同。假如他像大家，他便不能成為波特萊爾。

他是貞潔的或淫亂的？純潔的或污穢的？敏感的或殘酷的？有罪的或無辜的？虔誠的或褻瀆聖靈的？我們不能用單一的形容詞概括他。他的本身就是矛盾的大組合，我們必須將他解剖。

被出賣的孩子

一八二一年，我們的詩人在巴黎出生了。他六歲的時候，父親去世了。由於他是一個極其敏感的孩子，他對死者終身不忘。母親倉促的改嫁激起了他的兩種情緒：對人性之厭惡、對庸人之反叛。在他的心目中，反對他從事文學生涯、交結文友、出入作家咖啡屋的後父歐畢克將軍就是庸人的化身。他是一個被出賣的孩子。在他的詩集裏，我們可以讀出他對父親未去世之前的童年生活的眷戀以及對改嫁的母親之怨

恨。其實，他是始終深愛母親的，只是他的情感中或多或少地有點「伊迪浦斯情結」的成份。

成長中的波特萊爾

波特萊爾對自己的天才是自覺的，因此他不願後父剪去天才的翅翼。後父強迫他做外交家，他向家庭宣佈他只願做作家。他的夢幻者的生活、紈袴兒的習氣，以及和一個猶太妓女的交往令他家人震悸。於是他的後父要他遠離巴黎，強迫他作一次長途行。

在一八四一年六月他上了船，目的地是加爾各答。他原該在印度住兩年，但是他在十四個月之後就自由自主地從留尼旺島折回了巴黎。熱帶的風光使他愛上了異國的芬芳、黑髮麗人，以及東方人的懶散。在異國的短期居留在他的詩筆下已變成永恆（邀遊，異國的芬芳，給一個馬拉巴拉女人）。

逆子

當他在一八四二年十月回到巴黎的時候，他幾乎成年了。他向家庭索取父親給他的遺產，開始自由獨立的生活。他過了兩三年豪華的生活，在色納河畔租了一棟昂貴的公

寓，穿最考究的服裝，喝最好的香檳，他奇異的生活態度引萬人矚目。

反叛人

自始至終，波特萊爾對自己的「邪惡」是自覺的。他蓄意作惡，為了反叛社會及其強加於人的桎梏。他自覺與眾不同，以挑釁的態度表示社會習俗和他是陌生的。他故意作孽，且自願地陷入罪惡之深淵裏。他所做的，他自己知道，他不乞求寬恕或是同情。他的憤怒、怨恨、憂鬱、煩倦、詛咒並非文人的矯情作態，而是他對一切否定之結果。

情人

一八四二年歲暮的時候，波特萊爾結識了一個黑髮的法非混血兒茞娃兒。那個邪惡而說謊的女人使我們的詩人終身痛苦，但是她長長的頭髮，大大的眼睛和性感的嘴唇激起了波特萊爾最美好的靈感。

在愛情方面，波特萊爾不是柏拉圖式的。他是感官主義者，他愛美麗的面孔，頭髮的芳香以及裙裾的飄揚之姿。他的情詩多半是性感的及美感的，因為在波特萊爾的心目中，女人只是作惡者的同謀，像酒精，像鴉片。波特萊爾也有過

一段純潔的愛情，但是那種愛情只是在對方是一個可望而不可即的偶像的情況之下才能存在，如同他對沙巴基業夫人的戀情（給一位夫人）。

美學家

波特萊爾最關心的問題是美。愛美是他的天性，他的一生就是對美的尋求。他同樣地尋求服食的華美和創作的完美。他也偏愛駭人聽聞。在日常的言談中，他故意撒謊或說出令人震悸的話語，為了使「傻瓜」感到驚奇。而在他的心目中，庸人和傻瓜是同義字。他這種偏愛驚人的態度和他的詩創作有密切的關係，因為他覺得美該是神秘的、奇異的、出人意料之外的。就是這種對美或奇異之偏愛使他發現了美國詩人愛倫坡。對愛倫坡之發現於他來說是一種啟示。此外，他們對麻醉品之共同愛好又加強了他們之間的神交，一如他們對時間及死亡之共同敏感性。為了翻譯愛倫坡的作品，波特萊爾曾經努力學習英文。

孤獨者

由於童年的不幸，波特萊爾自小就需要孤獨。後來，由於對自己的天才及被誤解之自覺，他故意離群索居，且把那

種蓄意的孤獨引以為榮，因為那是對大眾的輕視之表現（信天翁）。

犬儒主義者

常常，他被對一切事物之憎厭所驅使，他變得憤世嫉俗。他用一種陰森的美嘲諷人類（謀殺者的醇酒，食屍獸，毒蛇）。

勇者

雖然是一大宗財產的繼承人，由於他在衣食住行方面的奢侈，他不久就認識了貧窮。（希望大批評家們不要說我在講洋話，李後主也說過：幾曾識干戈）。在貧病交迫之際，他有勇氣面對現實，在作品中深深地自責，使醜陋變為悲劇性的美麗。

理想主義者

波特萊爾的心目中有兩種世界：現實的世界是醜陋的，污穢的、邪惡的。他憎恨也詛咒那種現實世界。此外還有一個亮麗的星空。靠了繆司的翅翼，他能向星空昇起（向上昇起）。

虔誠者

假如說波特萊爾把自身表現為褻瀆聖靈者的話，那並非由於輕視創造者而是輕視創造物。他認為一般的庸俗人為了碾碎天才就用偽善的手腕利用上帝加強社會制度。因此，波德萊爾有時在詩篇裏故意向撒旦看齊（禱文，給撒旦的頌歌）。

然而那些褻瀆神祇的詩篇並不妨礙他說如下的話語。

「請接納我的祝福，上帝。為了醫治我們的不潔，你賜給我們痛苦。我知道你會在聖潔的天使群中，替詩人保留一個席位。」

被判決者

一八五七年，《惡之花》終於出版了。那本書如此駭人聽聞以至於法庭判決波特萊爾該付罰款三百法郎（原判三百五十，由於皇后的調停才減少了五十），而且有六首列為禁詩。審判之後，波特萊爾認真地工作了一個時期：出版人造天國、藝術評論，翻譯愛倫坡。但是他的健康狀況越來越壞。由於貧病交迫，神情沮喪，他開始憎恨巴黎，想去比國講學謀生。他成行了，但是比國之行又是一種新的失敗。

　　一八六六年三月，當他在拿密雨的聖魯教堂的時候，他患上了失語症和癱瘓症。那像是上天的嘲諷：有一年的功夫，最美好的章句之發明者只會含含糊糊地說三個字：不，天啊！（在原文中而且是不完整的），直到他在一八六七年死在巴黎的日子。難怪他曾經說：「我的存在自始就被判決了，我相信它將永遠那樣。」

技巧與思想

　　波特萊爾如此說過：

　　「詩的命運是偉大的。樂觀的或悲觀的，詩本身都帶著理想國之屬性。在囚室裏，詩是叛徒；在醫院的窗口，詩是對痊癒之希望；在破敗污穢的頂樓裏，詩是裝飾；詩不但揭發，而且補救。詩永遠否定不平，不論何時何地。」

　　若此，我們已無需探討《惡之花》的道德價值，既然作者自己說過詩本身就具有崇高的功能。詩支持我們，為我們解除痛苦，使我們重生。使我們向上。凡是因讀詩而受益的人該不會否認這種看法。

　　至於《惡之花》的藝術價值及作者之思想，法國專家們已經寫了許多許多，不必我再說什麼了。我只想以一個中國讀者的身份在此記載我對《惡之花》的印象。

　　那也許是一項真理：兩種極端相反的品質互相吸引。打從背誦唐詩的日子起，我就習慣於中國的詩教：溫柔敦厚。中國詩含蓄、婉約、合乎理性，主題也很有限。而波德萊爾的作品適得其反。他強烈的感受、豐富的想像、冷酷的嘲諷、殘酷的詛咒、暴露的寫實主義使我立刻感覺到雨果所說的「新顫慄」。

　　中國詩的主題總是限於社會的、道德的、抒情的或寫景的。波特萊爾有繁複的主題，他描畫宮殿也描畫陋室，他寫殘酷也寫溫柔，他歌頌天倫之樂也歌頌博愛，他描寫美麗也描寫醜惡，他描寫真實也描寫抽象，他描寫地獄也描寫天堂。總之他使我看出詩的領域是遼闊無邊的，繆思是主情也主智的。

　　波特萊爾以「不同」而吸引我，他也以「相似」而吸引我。一如某些中國詩人，他認為寫詩是無「目的」的，只是為了即興，為了喚起回憶，為了抒發情感，為了使一個美好的頃刻變為永恆，總之因為寫詩是一件樂事。

　　中國詩人總是悉心創造高遠的境界，這豈不是和波德萊爾不謀而合？他說過：「詩只是人類對至美的渴望」。

　　波特萊爾又說過：「人類的抒情的一面迫使我們觀察事物，不是從特殊的方面觀察而是從一般的方面觀察。詩人蓄意摒棄一切小說家偏愛的細節。抒情詩人的描畫只是綜合性

的，這種觀點和中國詩的簡潔也是相符合的。為了使主要的思想顯得突出，中國詩人恆常摒棄一切的細節。

象徵在中國詩裏扮演一個重要的角色。凋謝的花暗示美人遲暮，瞬息即逝的浮雲暗示事物的無常。在波德萊爾的詩裏我們可以找到無數的象徵。

波特萊爾也說：「詩人有一種特殊品質。他能隨意做自己或是別人」。他能在鬧中取靜，因為在他認為不值得看的東西面前他就能閉上眼睛。而陶淵明不是也曾說過：「結廬在人境，而無車馬喧。問君何能爾？心遠地自偏。」

在中國，詩幾乎是一種哲學，因為它教給我們一種人生觀。透過詩篇，我們聽見鳥語，聞見花香，看見炊煙在黃昏時從烟囪裏裊裊昇起。由於詩，我們感到宇宙之神秘存在。詩令人和大自然合而為一，它幾乎是有宗教價值的。在我們專心讀了一首詩之後，我們就能超塵拔俗，視富貴如浮雲。而波特萊爾說過：「詩人該有權利如此說：我把如此崇高的責任強加在自己身上，以至於我的功能是超人的。」

胡適之先生說過詩人不該無病呻吟。我認為波特萊爾的詩篇中最珍貴的東西是真誠。他的每一句詩都是生活過的，他的痛苦是真正地自心靈深處迸出的吶喊。

我們大家都有缺點也有長處，有快樂，也有悲哀，我們有向上的心但是又禁不住邪惡的誘惑。被絕望和惶恐糾纏的

我們不但能感到波特萊爾的精神上和肉體上的痛苦，我們也能把他視為精神上的兄弟。透過他自己的悲哀、憤怒、絕望、厄運，以及對理想之渴望，他就是我們全人類的代言人。

在下面，我譯一首波特萊爾的散文詩以饗讀者。

陶醉你自己

必須永遠沉醉，一切皆寓於此，那才是唯一的問題。為了不要感到折斷你的肩膀且使你向地上傴僂的可怕的時間之重量，你必須無休止地陶醉自己。

可是用什麼陶醉自己？用醇酒，用詩，或用道德，隨你的便。但是你該陶醉自己。

假如有時在宮殿的階前，在溝渠邊的綠草上，在你臥室裏的幽寂中，你在清醒過來，醉意已全然消失或醉意已淺，且問風，問波濤，問星星，問飛鳥，問時鐘，問一切易逝的，問一切呻吟的，問一切歌唱的，問一切能說話的，問那是什麼時間；而風，星星，飛鳥，時鐘將回答你：「是使自己沉醉的時辰。為了不做被時間殘殺的奴役，你該不休止地使自己沉醉！用醇酒，用詩，或用道德，隨你的便」。

馬拉梅的（字母「i」十四行）之中譯、解釋及評論

導言

　　就字之音樂涵義來說，這首十四行是不可譯的，因為每行詩之最終音節都是由字母「i」所構成。「i」是一個唱不開、叫不響的母音，表達挫折感、憂鬱或冷顫。因該十四行之主題是「靈感枯竭」，所以馬拉梅寫了（字母「i」十四行）以表才盡帶來的苦澀和挫折感。[1]

　　馬拉梅（Stéphane Mallarmé, 1842-1898）曾有過第一種書寫方式，較易懂的，其中有波特萊爾之影響。

　　之後，他經營了第二種書寫方式，個人的、學術的，塑造精細的字句、音響，在詩句中使用大量的、繁複的暗示。（字母「i」十四行）就屬於此一類型，請見該詩之中譯如下：

---

[1]　在法文中，「i」之發音不像英文的「i」，而是有點像中文裡的「意」；所以不是叫得響或唱得開的母音。

假如讀者只看中譯，一定仍然無法懂該詩內容，於是我寫了六頁的文章，作為評註。

【譯文】（字母「i」十四行）

如處女的、有活力的、美麗的今日
是否將為我們用醉翅之一擊
撕破被遺忘的堅湖、嚴霜下
被未遂之飛之透明冰川所糾纏的？

往昔之一隻天鵝記取自己才是華美
但無法擺脫圇圇，
只因未曾歌頌宜生活於其中的境地
當貧冬之煩倦閃爍。

經由牠拒絕的、被強加於牠的空間，
天鵝頸將搖落白色的臨終痛苦，
但無法拒絕羽毛被困於其中的土地之可憎。

牠是被純潔的白光囚禁於斯的幽靈，
一動也不動，當牠冷冷地念及輕蔑，
被放逐的天鵝用輕蔑裹被自身。

這是一首不可譯的詩，由於無法表達「i」之使用，但是我譯了，為了解釋且評論這首艱難晦澀的詩，象徵派的。

馬氏其人及其詩觀

馬拉梅的生活中沒有驚人的事件，他把自己的一生奉獻給詩；在詩作、理想和詩藝之演變方面，受盡折磨。

他是中學英文教員，都農中學菲薄的待遇僅夠溫飽。平凡、單調的日常生活更增添痛苦。如〈海風〉一詩所示，1864年女兒之誕生也未曾帶來幸福：

> 哎！肉體是淒涼的，我也讀了所有的書！
> 逃逸！向彼方逃逸！我感知鳥群
> 陶醉於陌生的海浪和天空！
> 雙眸反映的花園或任何事物
> 都無法挽留這顆浸浴於海中的心，
> 啊黑暗！空白的紙張上孤寂的燈光，
> 給嬰兒哺乳的少婦也無法把心留住。
> 我將離去！桅杆搖晃的汽船呀，
> 請解纜起碇前往異國之大自然。
> 殘酷的希望帶來的煩倦
> 依然迷信手絹的揮別。
> 也許，引誘暴風雨的桅杆

將會被風捲向海難，

舟覆無桅，無桅，亦無肥沃的島嶼。

可是啊！我心我心，且聽水手之歌。

　　上面那首詩，明朗可懂；其中的「煩倦」、「異國之大自然」、「海之呼召」、對藍天及詩意的彼方之嚮往都是來自波特萊爾之影響，也是馬氏的初期書寫。

　　馬氏畢生只有一種崇拜，崇拜詩；只有一種宗教，理想教。此理想有別於道德的理想，是形上的理想，即和事物之表面對立的事物之本質。在他的心目中，詩是全然奉獻自我，絕對的不謀利。且不說放棄物質利潤，詩人甚至不該想及榮耀。他的天職導致一種苦修主義，一種對一般的享受之放棄。

作品之演變

　　1862 年至 1865 年，他深受波特萊爾之影響。之後，出現了較個人的主題。他詩中的藍天不全是波特萊爾之理想。作為象徵的窗玻璃也開啟了新的地平線。窗玻璃雖然透明，但仍然是障礙物。他內心空虛，希望克服創作乏力折磨他的痛苦。於是，他把時間分割為二，用來構想兩部長詩：（愛霍迪亞德）和（牧神之午後）。前者象徵糾纏他的不可及的美，後者表達感官的夢幻和衝力。在此期間，他之詩作趨向

晦澀，其結構艱難，象徵也不明朗。對本質及存在之尋求把他導向虛無。因此，那時的詩之主題常是空和無。他使文學生活和社會生活決裂，使作品和現實世界決裂。他的美學是這樣的：詩作是世界之真義的最高形式。換言之，「世界之締造是為了寫一本書」。

「新」書寫

馬氏宣稱：「文學單獨地存在」。在〈詩之危機〉一文中，他的理想是拒絕自然的素材。因此，他的詩是抽象的。他認為，事物和大自然已經存在，無可增添。靠了字之多義、靠了意象之暗示，詩人表達事物之無。換言之，就是從事實轉換到理想。

說明馬氏美學的長詩：

〈愛霍迪亞德〉

1864 到 1887 年間，他忙於構想一首關於莎樂美的長詩。為了使該詩有別於《聖經》中的美女莎樂美，他把長詩命名為〈愛霍迪亞德之婚禮〉。他計畫寫一首夢幻的、絕對的、絕對美的作品，運用一個無感覺的、守身如玉的、棄絕感官

樂的、水仙花主義的女子反映他的理想和非物質性。果然，在詩之序幕中，女主角向乳母說，美是一種死亡，說在單調的祖國，她像紫寶花一般孤立自己，守護她所不為人知的華美。這些意象非但符合馬氏的存在悲劇，也符合其詩觀，即詩是保留給精神界的，而非個人世界的。

晦澀主義

馬氏寫一種越來越晦澀的詩，這種演變有三種解釋：

1. 精細——他喜愛微妙的、複雜的、輕視尋常的、平凡的。
2. 詩，神聖的語言——他是詩之司鐸，拒絕外行人進入詩之神殿。
3. 詩之神秘——他認為晦澀是必要的，因為詩之本質是神祕的，不可捕捉的。他既不要描寫詩，也不要思想詩，只用象徵表達概念。

在此順便一提。任何時空的詩人早已知道使用意象或明喻。不過他們的意象之結構是機械的，有若干公式可循：

1. 兩個名詞由下列各單字或字群連結：

「如」

「似」

「彷彿」

「宛若」

2.一個名詞冠以「有如」。

3.一個名詞或人稱代名詞接「……的樣子」。

　　在比浪漫主義者難但比馬氏容易的象徵派詩作中，類比不明顯。

　　魏爾哈倫用具體物比抽象物：

> 「經由我恐懼之平原」

　　至於魏爾倫，他藉同位語構造意象，而且同位語還被動詞把它和它說明的東西分開：

> 「池塘反照，
> 深沉的鏡面，
> 黑柳之輪廓」

　　使馬氏作品中的意象更艱難的，是它毫無結構。他使用眾多的意象暗示同一事物，使門外漢讀者無法了解。

字母「i」十四行詩之解釋與評論

第一節之解釋

> 如處女的、有活力的、美麗的今日
> 是否將為我們用醉翅之一擊
> 撕破被遺忘的堅湖、嚴霜下
> 被未遂之飛之透明冰川所糾纏的？

第二行裏，作者用了「翅」字，因為第二節一開始就有「天鵝」以及通常用來象徵靈感的字樣：醉、酩酊、飛躍。可是，象徵詩人和馬氏本人的天鵝已被寒霜和冰川所囚禁，飛躍不得。

堅湖暗示無書寫的白紙，而那白紙上原先是詩人計畫寫詩的，此一未遂之書寫那個念頭一直出入於作者之腦際。

此外，「今日」為什麼是如處女的、有生命力的、美麗的？因為今日是未被使用的嶄新的一天，我們可以期望任何事被作成。

【評論】

　　嚴霜和冰川暗示的、象徵性的冬天究竟是什麼？冬之貧瘠指的是「天鵝－詩人」之欲飛乏力。喜愛艱難的技巧的馬拉梅常因面對白紙而沮喪。

　　因此，該詩之主題是詩才枯竭。此外，也該注意，作者使用的是「i」。此一字母是切音，令人打寒顫。加之，馬氏和德布西等象徵派音樂家過從甚密，後者喜歡在樂曲中加入不和諧音。

第二節之解釋

> 往昔之一隻天鵝記取自己才是華麗
> 但無法擺脫囹圄，
> 只因未曾歌頌宜生活於其中的境地
> 當貧冬之煩倦閃爍。

　　由於該詩以「今日」開始且繼之以「往昔的一隻天鵝」那個事實，我們從而知道作者使「今日」和「往昔」對立，「此地」和「他處」對立。此地是現實世界，他處是「知識之水晶宮」。「往昔」指的是作者試圖抵達那知識的那個時期，指藍天，指宜生活於其中的那個境地。但是他未曾歌頌那個宜生活於其中的高遠的境地，所以有「未遂之飛」。

【評論】

　　那高遠的境地自然不是霧茫茫的都農中學，而是他嚮往的柏拉圖式的天空。

　　我們知道，馬氏獲得的知識並非他嚮往的理想國知識，而是有關虛無的知識。因此導致了長時間無法創作的「詩危機」。

　　然而，貧冬之煩倦仍然閃爍，只因他確曾獲得那崇高的知識，不過那知識僅僅通向「無」。而且那個「無」使他知道了此一可怕的真理：只能活在可輕視的此時此地。

　　最後，應該欽崇此一詩句「貧冬之煩倦閃爍」，其中有四個由「i」構成的音節，由此四個切音構成的深度使人不寒而慄。

第三節之解釋

> 經由牠拒絕的、被強加於牠的空間，
> 天鵝頸將搖落白色的臨終痛苦，
> 但無法拒絕羽毛被困於其中的土地
> 之可憎。

　　自最近的過去，道出了失敗的未來。因此，以天鵝自比的作者，在白紙面前，在困住他的象徵性貧冬面前，搖落他殉詩的臨終痛苦。

「被強加於他的空間」指的是讀者對他的期望，希望他作「詩的飛躍」。他能拒絕別人對他的期望，但無法拒絕困住他的翅膀的日常生活。

【評論】

我們只指出「被強加的空間」。才盡的作者謝絕別人對他的期望等於自我懲罰。因為他已到了拒絕誘惑的境地。

第四節之解釋

> 牠是被純潔的白光囚禁於斯的幽靈，
> 一動也不動，當牠冷冷地念及輕蔑，
> 被放逐的天鵝用輕蔑裹被自身。

最後這一節中，爆出了作者的矛盾。白光指白羽，而白羽使他淪為幽靈，只做夢、只靜止、只輕視的幽靈，只生活於放逐中的幽靈。

【評論】

「放逐」源自波特萊爾的〈天鵝〉。在那首詩中，波特萊爾憐憫一切無用的放逐。

馬拉梅特有的象徵和其他的技巧

天鵝（cygne）象徵詩人，因為從字音上來說，天鵝和符號（signe）發音相同。

堅湖暗示無字的白紙。

天鵝象徵詩人，而白紙像囚禁天鵝的冰川。

就字音來說，「i」不像「a」（用法文、義大利文、德文發音）、「o」、「oi」、「ou」等開口母音，嘹亮可喜，它是切音，暗示約束、挫敗。

從字母表方面來說，字母「v」像翅翼，而天鵝翅暗示詩才之飛躍。「l」是直挺挺的，像天鵝頸，或羽毛筆。「l」、「i」、「v」、「r」四個字母連起來就成為書（livre）。既然羽毛筆不再書寫，所以無書。

從句型、字彙、音韻上來說，也可指出馬氏之三大特徵：

句型

馬拉梅說：「把更純粹的意義給大眾的字」。換言之，該把「新義」注入語言中。

馬氏雖然現代，寫的卻是格律詩，因此是靠句子之結構製造特殊效果。他打破原有的字序，大量使用同位語，省略語，不合理的倒裝，使句子支離破碎。

字彙

　　馬氏選擇有喚起作用的字、古字、稀有字、難懂的字。他使字突顯，也等於創字。

音韻

　　馬氏因字之特殊音響而選字，使字之音樂涵義暗示他要表達之理念。比方說，他用「i」表達挫折、約束、悲傷、寒顫以及詩才枯竭。

純粹詩

　　魏爾倫和日阿姆的詩清新自然，但是若我們認為詩型該是儀態萬千的，那麼馬氏的詩型也是有價值的。他的詩是知性藝術，詩質甚濃。他在詩中實現詩之目標：致力於逃避現實，飛向理想。他永不表述，只是暗示，只是創作「意象交響樂」。詩中的字也是音符。這就是他所謂的純粹詩，意謂詩靠自己而存在，為自己而存在。

結論

　　不論馬氏的晦澀是多麼博學、多麼誘人，卻有一大缺點：缺乏傳遞性。馬氏也因此而和大眾隔離。若要討論馬氏最有

特性的詩，連有經驗的評論家也要靠大量的工具書，怎能和
一般讀者溝通呢？而在詩人和讀者之間，溝通是多麼可貴。

繆塞的〈威尼斯〉

　　最個人主義的浪漫派詩人繆塞（Alfred de Musset, 1810-1857）生於巴黎，十八歲就加入浪漫派詩人的社團。初期的詩模仿雨果，不久就自成一家。那時，他熱戀喬治桑。分手使他成為名著「夜」之作者。

　　他不把自己做成大眾的回聲，他只要知道自己的心。曾忍受過的痛苦，逃逸如夢，遙遠的回憶，只能如此比擬：

　　　　晨曦舉起的輕霧
　　　　消失如露。

他缺少陽剛哲思，詩句如泉湧，自靈魂深處。

　　一八三三年春，法國環球雜誌社設宴招待該刊作者。女作家喬治桑亦曾出席，而繆塞恰巧坐在她身旁。同年七月她完成了名著《蕾莉亞》，把稿子請繆塞校對，後者立刻向她求愛，他被接納了，她任他愛撫。從此，繆塞便遷居到戀人的寓所，充滿歡笑。

　　同年九月，繆塞建議去豐登布羅森林小住，盤桓於磐石
和綠樹之間。

　　他倆都愛義大利，威尼斯更令喬治桑神往。同年十二月
他們便啟程赴威尼斯，在水市駐留三個月之久。下面節譯的
〈威尼斯〉一詩，便是那段短暫的戀情的纍纍果實之一。

　　　　　　在紅色威尼斯，
　　　　　　船舶靜止。
　　　　　　水面沒有漁人，
　　　　　　沒有航燈。

　　　　　　一頭巨獅
　　　　　　獨坐於沙岸，
　　　　　　將銅質的腳
　　　　　　翹向寧謐天際。

　　　　　　在牠四周，
　　　　　　舟艇成群，
　　　　　　如蜷臥的
　　　　　　鷺鷥。

　　　　　　偃息於煙籠的水面，
　　　　　　它們的旗幟

在微顫的霧中
交錯。

綴著明星的雲，
半朦朧地，
掩覆著
隱退的月。

是時，在月光下，
有無數少女
佇候側耳聆伺的
翩翩少年。

瘋狂的娜兒西莎
在遊艇深處，
於宴樂中，
將自身遺忘，直至天明。

在義大利，
誰人不懷著瘋狂的種子？
誰人不把最美好的時光
付與愛戀？

讓古老的鐘，

向宮中老邁的首長
細數它夜間的
漫長的煩憂。

麗人！讓我細數
妳頑強的芳唇
賜予我的吻，
被寬恕的吻。

讓我細數妳的嫵媚，
細數我倆眸中
因狂樂而贏得的
溫甜之淚。

哲學詩人梵樂希

　　哲學詩人梵樂希（Paul Valéry, 1871-1954）出生於地中海岸的 Sète 城。面對著該地之墓園時，他寫下了探討生死問題的名詩〈海濱墓園〉。

　　他是純思想家，不為抒情而抒情，不為意象本身而塑造獨特的、艱難的意象。他認為詩句中該隱藏著思想，一如營養價值隱藏在水果中。他是象徵主義詩人中最難了解的一位，他永遠在沉思中。拉馬丁的《沉思集》是愛的嘆息、憂鬱、心語，梵樂希的沉思旨在抓住絕對以及認識自我，即所謂的水仙花主義。瞧！下面是他有力的獨特的關於死者的詩：

　　　　　在他們的、因大理石而沉重的夜裡，
　　　　　一群朦朧的、有樹根的人
　　　　　已慢慢作了決定，
　　　　　他們已融入濃濃的無，
　　　　　紅土已吞食白種，
　　　　　生之天賦已進入花朵中。

附錄

胡品清作品書目

A 創作部份

中文

《胡品清譯詩及新詩選》，一九六二年，中國文化研究所。

《人造花》（新詩），一九六五年，文星書局。

《夢的船》（詩、散文、小說），一九六六年，皇冠出版社。

《夢幻組曲》（詩與散文），一九六七年，水牛出版社。

《晚開的歐薄荷》（詩與散文），一九六八年，水牛出版社。

《仙人掌》（散文與西洋詩評），一九七〇年，三民書局。

《水仙的讀白》（散文與西洋詩評），一九七二年，三民書局。

《胡品清散文選》，一九七三年，華岡出版公司。

《芭琪的雕像》（散文與短篇小說），一九七四年，九歌出版社。

《歐菲麗亞的日記》（散文與譯詩），一九七五年，水芙蓉出版社。

《夢之花》（詩、散文、小說），一九七五年，水芙蓉出版社。

《胡品清自選集》（短篇小說），一九七五年，黎明文化公司。

（最後一曲圓舞）（詩與散文），一九七七年，水牛出版社。

《水晶球》（散文），一九七七年，水芙蓉出版社。

《芒花球》（詩與散文），一九七八年，水牛出版社。

《玻璃人》（新詩），一九七八年，學人文化公司。

《彩色音符》（散文），一九七九年，九歌出版社。

《不碎的雕像》（散文），一九八〇年，九歌出版社。

《斜陽影裡的獨白》（散文），一九八〇年，水芙蓉出版社。

《畫雲的女人》（散文），一九八一年，彩虹出版社。

《不投郵的書簡》（散文），一九八二年，采風出版社。

《金色浮雕》（散文選），一九八三年，文化大學出版部。

《隱形的港灣》（散文），一九八三年，華欣文化事業公司。

《慕情》（散文），一九八四年，文經出版社。

《玫瑰雨》（散文），一九八六年，文經出版社。

《冷香》（詩），一九八七年，漢藝色研。

《藏音屋手記》（散文），一九九。年，合森文化。

《薔薇田》（詩），一九九一年，華欣文化事業公司。

《今日情懷》（散文），一九九一年，合森文化。

《花牆》（散文），一九九一年，漢藝色研。

《細草》（散文），一九九六年，華欣文化事業公司。

法文

《彩虹》（自由詩），一九六一年，巴黎。

《法國文學簡史》，一九六五年，華岡出版公司。

《簡明法文文法》，一九六六年，華岡出版公司。

《惡之花——詩自傳》，一九八二年，中國文化大學出版部。

《文學漫步》，一九九五年，中央圖書出版社。

《淺近法文文評範本》，一九九五年，中央圖書出版社。

《文學論文初步》，一九九六年，志一出版社。

英文

《李清照評傳》，一九六六年，紐約。

《漫談中國古典詩詞》，一九九〇年，長松文化公司。

B 翻譯部份

英譯中

《中西文化之比較》，一九七一年，水牛出版社。

《世界短篇名著選譯》，一九六八年，水牛出版社。

《秋之奏鳴曲》（中篇小說），一九七八年，水牛出版社。

《往事如煙》（短篇小說），一九七八年，水芙蓉出版社。

《阿弗瑞德大帝》，一九八一年，國際翻譯社。

法譯中

《做「人」的慾望》（短篇小說），一九六五年，文星書店。

《寂寞的心靈》（長篇小說），一九六九年，幼獅文化公司。

《克麗西》（長篇小說），一九七〇年，水牛出版社。

《巴黎的憂鬱》（散文詩），一九七三年，志文出版社。

《她的坎坷》（長篇小說），一九七六年，志文出版社。

《怯寒的愛神》，二〇〇〇年，九歌出版社。

《心靈守護者》（長篇小說），一九七六年，志文出版社。

《法蘭西詩選》，一九七六年，桂冠圖書/二〇〇〇年，增訂版。

《波法利夫人》（長篇小說），一九七八年，志文出版社。

《安妮的戀情》（法國新小說），一九七六年，國際翻譯社。

《法國當代短篇小說選》，一九七八年，中國文化學院出版部。

《二重奏》（長篇小說），一九八〇年，志文出版社。

《廣告女郎》（長篇小說），一九八〇年，水牛出版社。

《邂逅》（長篇小說），一九八四年，黎明文化事業公司。

《丁香花》（新小說選），一九八五年，楓葉出版社。

《愛的變奏曲》（法國歷代情詩選），一九八七年，漢藝色研。

《我的小托》（長篇小說），一九八九年，漢藝色研。

《帶著最美的回憶》（散文），一九八九年，合森文化。

《星期三的紫羅蘭》（短篇小說），一九九一年，漢藝色研。

中譯法

《中國古詩選及新詩選》，一九六一年，巴黎。

《上古史》，一九八三年，文化大學出版部。

《戰國學術》，一九八五年，文化大學出版部。

C 文學評論部分

《現代文學散論》，一九六四年・文星書店／傳記文學社。

《西洋文學研究》，一九六六年，商務印書館。

《法國文壇之新貌》，一九八四年，華欣文化事業公司。

《法國文學賞析》（法漢對照），一九九八年，書林出版公司。

《迷你法國文學史》，二〇〇〇年，桂冠圖書公司。

D 雙語參考書

中法互譯範本及解析（一九九八，志一）。

法文書寫雙語範本及解析（一九九八，志一）。

法國文學賞析上冊（下冊定稿中）。

分類法文會話模式（二〇〇〇，天肯）。

這句話，中文怎麼說，法文怎麼說（二〇〇〇，志一）。

基礎法文會話句型（二〇〇一，志一）。

生活法語入門（與楊淑娟合著）（一九九九，志一）。

法文秘笈（與楊淑娟合著）（一九九九，志一）。

中法句型比較研究（主撰）（一九九四・志一）。

新著

這句話，法文怎麼說，法文怎麼寫（二〇〇二，志一）。

法蘭西詩選（二〇〇〇，桂冠）。

萬花筒（散文）二〇〇二年，未來書城。

國家圖書館出版品預行編目

香水樓手記 / 胡品清著. -- 一版. --
　臺北市：秀威資訊科技, 2003 [民 92]
　260 面；14.8×21 公分. -- （語言文學類 ; PG0003）

　ISBN 978-957-28331-1-7(平裝)

語言文學類　PG0003

香水樓手記

作　　者 / 胡品清
發 行 人 / 宋政坤
執行編輯 / 賴敬暉
圖文排版 / 郭雅雯
封面設計 / 李孟瑾
數位轉譯 / 徐真玉　沈裕閔
圖書銷售 / 林怡君
網路服務 / 徐國晉
出版印製　秀威資訊科技股份有限公司
　　　　　台北市內湖區瑞光路 583 巷 25 號 1 樓
　　　　　電話：02-2657-9211　　　傳真：02-2657-9106
　　　　　E-mail：service@showwe.com.tw
經 銷 商 / 紅螞蟻圖書有限公司
　　　　　台北市內湖區舊宗路二段 121 巷 28、32 號 4 樓
　　　　　電話：02-2795-3656　　　傳真：02-2795-4100
　　　　　http://www.e-redant.com

2003 年 2 月 BOD 一版
2003 年 4 月 BOD 二版
2006 年 11 月 BOD 三版
定價：280 元